# La légende d'Apollon

ROSALIE ASH

# La légende d'Apollon

HARLEQUIN

COLLECTION AZUR

*Cet ouvrage a été publié en langue anglaise*
*sous le titre :*
APOLLO'S LEGEND

*Traduction française de*
TONIA JONES




83-85, boulevard Vincent-Auriol, 75013 Paris — Tél. : 42 16 63 63
ISBN 2-280-04253-3 — ISSN 0993-4448

# 1.

Il avait *osé* ! se répétait inlassablement Eleanor. Trois mots qui résonnaient dans sa tête, comme une douloureuse litanie, depuis vingt-quatre heures. Bien sûr, elle savait que Yan Diamakis se prenait pour l'incarnation moderne d'un dieu grec. Elle connaissait sa nature tyrannique et arrogante. Durant leur brève liaison, elle en avait fait les frais, elle ne l'oubliait pas...

Pourtant, jamais elle ne l'aurait cru capable d'une telle ignominie ! Jamais elle n'aurait soupçonné qu'il irait jusqu'à kidnapper Christophor, son petit garçon de trois ans, pour l'emmener dans son pays, la Grèce.

Refoulant un sanglot, Eleanor saisit sa valise et sortit de l'aérogare d'un pas décidé. Juillet à Skiathos, c'était la fournaise. Et quel chaos ! Les navettes et les cars de tourisme encombraient la chaussée, déversant leurs cargaisons de vacanciers exténués et en nage qui se mettaient tant bien que mal en files indiennes pour s'engouffrer dans le terminal. Et comme d'habitude, il n'y avait pas un taxi en vue, constata Eleanor en scrutant l'horizon.

En dépit des circonstances, elle retrouvait avec émotion cette île de la mer Egée à laquelle tant de merveilleux souvenirs étaient rattachés. Toutefois, elle ne devait pas se laisser attendrir. La faiblesse devenait un luxe qu'elle ne pouvait plus s'offrir. Déjà, lorsqu'elle avait envoyé cette lettre à Yan, elle avait commis une erreur, Eleanor s'en rendait compte, à présent. Pourtant, en l'écrivant, il lui avait semblé montrer qu'elle était une adulte responsable, une femme qui avait du caractère, de la compassion, même. Mais on ne raisonnait pas avec un homme comme Yan Diamakis...

Repérant enfin un taxi d'où descendaient deux voyageurs, Eleanor se précipita.

— A l'hôtel Thessa Beach, s'il vous plaît, dit-elle au chauffeur dès qu'elle fut installée à l'arrière.

C'était bien pour Christophor qu'Eleanor se rendait là-bas, car jamais elle n'aurait osé mettre les pieds dans l'hôtel des Diamakis. Mais elle se sentait comme une lionne farouchement déterminée à protéger son petit. En enlevant Christophor, Yan avait commis un crime impardonnable à ses yeux. Et la colère qui l'habitait en cet instant constituait le meilleur remède contre la peur.

La route serpentait le long de la côte sud, elle était un peu cahoteuse comme autrefois, mais les paysages réservaient de magnifiques surprises. Des plages en contrebas étalaient leur étendue de sable blanc au bord de la mer turquoise. Et de l'autre côté, vers le nord, les collines ondulaient sous leur manteau de pinèdes.

Comme cette île était jolie ! songea une nouvelle fois Eleanor. Ici, on avait davantage le cœur à rire et à se laisser vivre qu'à vouloir assouvir une vengeance. Toutes ces maisons d'une blancheur aveuglante, avec leurs volets bleus et leurs toits de tuiles rouges, inspiraient la joie plutôt que la rancœur.

Quatre ans plus tôt, en découvrant cette île de l'archipel des Sporades, Eleanor était tombée sous le charme. Et aujourd'hui, elle devait bien reconnaître que cela n'avait pas changé. Comme au premier jour, elle était éblouie par la profusion et la splendeur des hibiscus rouge feu, des bougainvillées pourpres et des lauriers-roses. Par la vitre ouverte lui parvenaient les effluves d'une fin d'après-midi d'été, des parfums, des senteurs inimitables. La Grèce de son passé resurgissait, sensuelle et exubérante. Et malgré ses tourments, Eleanor recouvrait la jubilation d'autrefois.

Le taxi la déposa en haut de l'allée menant à l'hôtel. Le chauffeur descendit pour sortir la valise du coffre, et Eleanor paya la course. Avant de remonter dans sa voiture, il sourit à cette jolie étrangère aux yeux de jade qui avait de longues jambes superbes. Puis il claqua la portière et repartit dans un nuage de poussière en faisant crisser ses pneus, non sans lui avoir lancé au préalable un joyeux :

— Bonnes vacances !

« S'il savait ! » songea Eleanor, un petit sourire amer aux lèvres. Son retour à Skiathos n'avait rien d'une partie de plaisir. Qui sait même s'il n'allait pas tourner au cauchemar ?

Cette allée, quatre ans auparavant, elle la parcourait allègrement sur son vélomoteur. Comme elle se sentait libre, alors ! L'agence de voyages qui l'employait l'avait mandatée à Skiathos, et c'était sa première saison. Eleanor adorait son travail, la Grèce et ses habitants si chaleureux, et surtout cette île superbe. En ce temps-là, tout paraissait si simple ! Les complications avaient commencé plus tard, le jour où elle avait rencontré Yan Diamakis. Un seul regard lui avait suffi pour tomber amoureuse de lui — ou plutôt pour *imaginer* qu'elle tombait éperdument amoureuse...

La plage de sable blond parut soudain au bout du chemin, nichée dans son écrin de verdure. L'eau avait la couleur du saphir et miroitait sous le soleil de juillet. Eleanor aperçut l'hôtel sur la gauche, légèrement en surplomb, dans sa pinède. Ici, il y avait des pins partout, ils poussaient même sur la plage, prodiguant une ombre salutaire aux heures de canicule. Des vacanciers se baignaient, d'autres se prélassaient sous des parasols blancs, étendus dans des chaises longues. C'était la plage de l'hôtel, et Eleanor repéra tout de suite son enfant. Le cœur battant, elle posa sa valise et courut vers lui. Christophor était assis sur le sable, au bord de l'eau, et il suçait son pouce. Quel joli profil il avait, si pur, si harmonieux ! Il portait un slip de bain rayé rouge et blanc, et la brise de mer jouait dans ses cheveux noirs.

Eleanor se laissa tomber à genoux dans le sable près de lui, et il tourna vers elle ses grands yeux sombres.

— Maman ! cria-t-il.

Sa joie de la revoir bouleversa Eleanor, qui le prit dans ses bras et le serra tendrement sur son cœur. Il aurait été difficile de dire lequel, du bambin ou de sa mère, était le plus heureux. Au bonheur d'Eleanor s'ajoutait le soulagement de retrouver son fils sain et sauf. Et sur cette plage, comme l'avait promis Yan dans le petit mot qu'il lui avait laissé en partant.

— Maman ! répéta le petit garçon en se blottissant contre sa mère. Papa avait dit que tu viendrais aujourd'hui !

— Ah, oui ?

Eleanor s'efforçait de parler gaiement :

— Où est papa, Christophor ? Ne me dis pas qu'il t'a laissé tout seul sur la plage !

— Sûrement pas, Eleanor.

La jeune femme se figea. Pourquoi la voix de Yan la troublait-elle autant dès qu'elle l'entendait ? Exactement comme autrefois, et comme quelques jours plus tôt lorsqu'il s'était présenté devant elle. Dès réception de sa lettre, il avait fait le voyage jusqu'à l'hôtel où elle travaillait, dans le nord de l'Angleterre. A ce moment-là, Eleanor s'était demandé si elle avait bien fait de lui écrire...

— Eh bien ? On ne se dit pas bonjour ? lança-t-il de son timbre chaud.

Eleanor leva la tête vers lui.

— Bonjour, Yan.

— Bonjour, Eleanor.

Le petit garçon se blottit plus étroitement contre sa mère, qui resserra son étreinte.

— Tu ne t'es pas trop inquiétée, j'espère ? reprit Yan. Le petit mot que je t'ai laissé était clair, n'est-ce pas ?

— Oui. Très clair.

Eleanor s'en voulait de ressentir un tel émoi. Comment Yan Diamakis pouvait-il exercer sur elle une attirance aussi irrésistible alors qu'il lui inspirait aussi la plus vive colère ?

— Il faut que nous parlions, ajouta-t-elle d'un ton glacial. En privé.

Une lueur moqueuse brilla dans les yeux noirs posés sur elle. Yan était très grand et bâti en athlète. Anglais par sa mère, grec par son père, il respirait la santé et le bonheur de vivre. Et son charme dévastateur n'avait rien perdu de son pouvoir, dut-elle admettre, furieuse contre elle-même. Il venait de kidnapper Christophor, et cela n'avait en rien entamé sa belle assurance ? Il n'y avait pas de justice...

— Tu n'as donc pas peur de te retrouver seule avec moi, Eleanor ? demanda-t-il, légèrement provocateur.

Tout en parlant, il s'était accroupi près d'eux. Il gratifia Christophor de son plus radieux sourire, et Eleanor, consternée, vit l'enfant sourire à son tour. Un grand sourire heureux et confiant. Laura, sa collègue qui connaissait la vie, l'avait prévenue : dès qu'il saurait qu'il avait un fils, Yan ne reculerait devant rien pour le prendre et le garder avec lui en Grèce. Cet amour paternel dévorant n'excusait pas son geste, mais il l'expliquait peut-être un tout petit peu...

Elle avait des torts elle aussi, Eleanor en avait parfaitement conscience. Et son attitude, quatre ans plus tôt, avait eu de quoi rendre Yan fou furieux.

— *Peur* de me retrouver seule avec toi? répéta-t-elle, feignant la bravoure. Absolument pas! Ne te laisse pas aveugler par ton imagination, Yan. Et cesse donc de croire que les femmes courent un danger en ta compagnie, tellement tu es irrésistible!

— Jamais ce genre de pensée n'a traversé mon esprit, rétorqua-t-il posément. Elle est le fruit de ton imagination.

— Non!

— Mais si. Du reste, je me demande pourquoi tu t'es enfuie loin de moi si tu me trouves tellement irrésistible?

Une note d'émotion contenue dans sa voix troubla Eleanor, réveillant d'anciens émois.

— Tu sais très bien pourquoi je suis partie, maugréa-t-elle. Et je suppose que rien n'a changé.

Yan se taisait, il ne la quittait pas des yeux. Brusquement, le poids du passé l'oppressa et Eleanor se leva, son enfant dans les bras.

— Tout a changé, répondit Yan qui s'était mis debout lui aussi. Tout a changé depuis que j'ai reçu ta lettre.

Il souriait à Christophor. Pourtant, il avait dit cela avec dans les yeux une froide détermination qui alarma Eleanor.

— Papa... !

Christophor tendait soudain ses petites bras potelés vers lui. Yan le prit dans ses bras et, sous le regard dérouté d'Eleanor, l'enfant se blottit tendrement contre son père. Comme ils se ressemblaient, et qu'ils paraissaient donc heureux d'être ensemble...

— Comment as-tu pu te montrer aussi cruel, Yan ? accusa-t-elle, incapable de contenir plus longtemps sa colère et son désespoir. Tu m'as dupée pour m'enlever mon fils, tu m'as fait vivre l'enfer !

— A mon avis, tu es mal placée pour parler de duperie !

Yan attrapa un jean et un T-shirt sur une chaise longue et fit signe à Eleanor de le suivre.

— Viens, allons chez moi, puisque tu tiens à ce que nous ayons une conversation en privé !

Eleanor le suivit de mauvaise grâce. Christophor l'observait de ses grands yeux noirs par-dessus l'épaule de son père. Il avait les yeux de Yan. Il avait aussi ses cheveux noirs, drus et brillants comme du jais. Christophor, si timide habituellement avec les gens qu'il ne connaissait pas, semblait en totale confiance avec Yan, et on sentait qu'il l'adorait déjà.

La villa blanche au milieu des pins et des lauriers-roses était une acquisition récente, devina Eleanor en descendant de la jeep quelques minutes plus tard. Au bout du jardin, il y avait, ici aussi, une plage privée, une petite anse de sable blanc qu'ombrageaient cyprès et genévriers. De là, on accédait en quelques minutes à la plage de l'hôtel. Eleanor aperçut une vedette blanche au mouillage.

— Tu as eu de la chance de nous repérer sur la plage de l'hôtel, car il y avait pas mal de monde, fit remarquer Yan comme ils arrivaient sous l'auvent de bambou.

— Quand il s'agit de son enfant, une mère développe un instinct particulier.

La fatigue du voyage commençait à se faire sentir, la chaleur lui pesait de plus en plus. Eleanor se laissa tomber dans un fauteuil en rotin et se passa une main sur les yeux. Elle venait de vivre les jours les plus éprouvants de son existence. Emotionnellement, elle se sentait brisée. Si seulement elle avait pu revenir en arrière, faire taire sa conscience et déchirer cette lettre à Yan ! Dire qu'elle avait imaginé une rencontre paisible entre deux adultes raisonnables, prêts à trouver une solution à l'amiable pour sortir de cet imbroglio... !

Quelle désillusion en voyant paraître Yan Diamakis à l'hôtel de sa tante Meg, là-bas, dans le Northumberland ! Quel choc, aussi... Très grand, bronzé, l'œil de velours, il était plus séduisant que jamais. Brusquement, Eleanor recouvrait les émotions d'autrefois, et une foule de souvenirs lui revenaient à la mémoire. La passion qui la consumait quatre ans plus tôt, le besoin désespéré qu'elle avait de son amour, tout resurgissait avec une intensité quasi insoutenable.

Durant l'entretien qu'ils eurent alors, elle qui s'était promis de converser calmement perdit ses moyens et céda à la panique. Une peur irraisonnée s'empara d'elle en entendant Yan émettre le désir d'emmener Christophor en vacances en Grèce. Et cette peur, bien entendu, lui dicta de refuser tout net. Un réflexe d'autodéfense, en quelque sorte...

Alors, Yan passa outre, utilisant la ruse pour enlever Christophor. Il trompa la vigilance de Karen, la babysitter, pendant qu'Eleanor vaquait à ses tâches de directrice du centre de remise en forme de l'hôtel. Annonçant à Karen qu'il emmenait Christophor faire une promenade, Yan fila tout droit à l'aéroport de Newcastle. Il avait loué une voiture et un siège d'enfant pour commettre son méfait en toute quiétude...

— Que veux-tu boire, Eleanor?

La voix de Yan ramena la jeune femme à la réalité. Levant les yeux, Eleanor aperçut une femme d'un certain âge qui lui souriait, debout devant elle, près de Yan. La bonne, sans doute.

— Je veux bien du café.

— Moi aussi, Evangelie, dit Yan. Merci. Et soyez gentille, emmenez Christophor dans la cuisine, et donnez-lui un verre de lait avec un biscuit.

Eleanor pâlit, et elle dut consentir un effort surhumain pour ne pas courir récupérer son enfant. Mais Christophor semblait très content quand il tendit sa menotte à la domestique. Apparemment, il avait très bien vécu son enlèvement, et la situation lui plaisait beaucoup.

Alors, se dit Eleanor en rassemblant tout son courage, si un petit bonhomme de trois ans se montrait capable d'assumer, à plus forte raison une femme de vingt-cinq !

— Tu as donc trouvé mon petit mot, commença Yan dès qu'ils furent seuls. Ainsi que le billet d'avion. Et tu es venue, exactement comme je pensais. Ecoute, Eleanor, cesse de me regarder comme si j'étais un voleur d'enfant ! Christophor est heureux, ici. Il sait que je suis son père. De toute évidence, une présence masculine lui a manqué jusque-là. Alors, il rattrape le temps perdu.

Une lueur de triomphe brillait dans les yeux noirs de Yan, et il n'en fallut pas plus pour raviver la colère d'Eleanor.

— Je te hais ! chuchota-t-elle. Plus que jamais !

— Pourquoi me le dire tout bas ? ironisa-t-il.

— Si nous étions seuls, je te hurlerais ma haine ! Si je ne le fais pas, c'est par égard pour Christophor et pour ta bonne, qui pourraient m'entendre.

Il s'approcha, la saisit par le poignet et l'obligea à se lever.

— Si tu veux que nous soyons complètement seuls, pas de problème !

Quelques instants plus tard, Eleanor se retrouvait dans une chambre du premier étage. La porte refermée, Yan s'y adossa et relâcha Eleanor.

— Eh bien, vas-y, dit-il en l'observant d'un air indéchiffrable. Hurle, cogne, insulte-moi ! Laisse exploser ta colère, crache ton venin !

— Tu préférerais que j'éclate en sanglots, n'est-ce pas ? rétorqua la jeune femme d'une voix tremblante. Tu es tellement sadique, tu adorerais me voir pleurer et supplier, avoue ?

— C'est *moi* qui suis sadique ?

Yan fit un pas vers elle, et Eleanor s'efforça de rester bravement sur place.

— Qui a eu le sadisme de me faire croire que tu avais perdu le bébé ? reprit-il avec une rage contenue. Tu m'as cruellement dupé avec ton tissu de mensonges ! Tu as rompu nos fiançailles, tu es repartie pour l'Angleterre, tu m'as caché l'existence de mon enfant ! Si ce n'est pas du sadisme, ça... !

Il se rapprochait, et Eleanor s'alarma.

— Tu ne vois donc pas pourquoi j'ai agi de la sorte ? cria-t-elle. Tu étais littéralement obsédé par *ton* enfant, et cela me terrifiait ! Cet enfant, tu ne pensais qu'à lui, tu voulais qu'il reste en Grèce, et rien d'autre ne comptait pour toi ! Tu étais d'une arrogance, Yan ! Alors que ce bébé était le mien, je le portais en *moi*...

Sa voix se brisa. Etouffant un juron, Yan se rapprocha encore et l'attira contre lui, sans grande douceur. Eleanor résista de toutes ses forces à l'étreinte.

— Non, Yan...

Il lui glissa une main derrière la nuque, enfonçant les doigts dans sa chevelure.

— Non... *quoi* ? murmura-t-il d'une voix rauque. Tu sais pourtant bien quel effet tu me fais, Eleanor...

Et, avant qu'elle ait pu anticiper sa réaction, il étouffa ses protestations d'un baiser presque brutal. Il voulait la punir et la dompter. Mais Eleanor oublia bien vite son orgueil blessé. Un désir familier commençait à l'envahir, menaçant de l'embraser. Et il ne fallait pas que cela se produise !

— Assez ! cria-t-elle en se dégageant brusquement.

Comme il la regardait d'un air moqueur, un sourire aux lèvres, elle laissa éclater sa colère.

— Qu'essaies-tu de prouver, Yan ? Que tu es le plus fort ? Quoi d'autre ?

— Je t'ai apporté la preuve que tu me désires toujours, Eleanor.

Cette fois, la mesure était comble, et Eleanor leva la main sur lui pour le gifler. Mais prompt à la parade, Yan lui saisit le poignet juste à temps. Perdant l'équilibre, Eleanor étouffa un cri avant de tomber à la renverse sur le grand lit. Yan vint s'asseoir près d'elle, la contemplant sans vergogne. Trop humiliée pour bouger, Eleanor n'osa pas rajuster son T-shirt qui était remonté et dénudait sa peau juste au-dessus de la ceinture de son short. Elle vit le regard de Yan s'attarder sur ses seins que sa respiration haletante soulevait sans qu'elle ne pût rien y faire. Puis, pensivement, il caressa sa peau nue, et elle ne put réprimer un frémissement.

— Tu es toujours aussi belle, Eleanor...

Cette fois, il l'embrassa doucement, tandis qu'il caressait ses seins gonflés sous la fine étoffe du T-shirt, et un frisson la parcourut, incontrôlable.

— Avoue, Eleanor, que tu éprouves encore quelque chose pour moi, chuchota-t-il.

Eleanor détourna la tête, au désespoir.

— Je me demande ce que j'ai bien pu te trouver autrefois !

Mais au fond d'elle-même, elle n'était qu'embrasement et désir...

— Vraiment ?

Yan se releva d'un bond.

— Pourtant, à l'époque, tu étais très éloquente à ce sujet, si je me souviens bien, remarqua-t-il avec un petit rire.

— Yan, par pitié !

Eleanor se redressa et mit de l'ordre dans sa tenue.

— Tu te rappelles Daphné et Apollon ? demanda-t-il d'un ton ironique.

Il la provoquait en évoquant son engouement d'alors pour la mythologie grecque, et la façon émerveillée dont elle établissait un parallèle entre les amours des dieux et le leur...

— Mais tu t'es trompée de légende, Eleanor, continua Yan sans merci. Daphné a fui Apollon, certes, mais sans lui avoir accordé ses faveurs. Et quand elle partit se cacher, elle ne portait pas en elle un enfant dieu !

— Comment peux-tu plaisanter sur un sujet aussi grave ? s'écria Eleanor, outrée.

— Tu as raison, ce n'est pas drôle du tout.

Un silence tendu suivit cet échange. Assise au bord du lit, les bras croisés, Eleanor essayait de calmer les battements désordonnés de son cœur. Elle n'osait pas se mettre debout, craignant que ses jambes ne se dérobent.

— Pour toi, c'était physique, rien de plus, murmura-t-elle avec amertume. Si j'avais été moins jeune et moins bête, je m'en serais rendu compte !

— Il ne t'est jamais venu à l'esprit que tu pouvais te tromper ?

— Je ne me suis pas trompée !

— En tout cas, je sais prendre mes responsabilités. Alors, inutile de t'inquiéter, j'ai bien l'intention de te laisser tranquille, lança-t-il, caustique. Je vais m'efforcer de refréner mes *vils* désirs... Du moins jusqu'à ce que nous soyons mari et femme.

— *Quoi ?*

— Tu as parfaitement entendu, Eleanor.

— Mais enfin, Yan, tu ne...

Eleanor se leva en chancelant, elle crut qu'elle allait s'évanouir tant son cœur battait vite.

— Manques-tu de sensibilité au point d'imaginer que je vais t'épouser, Yan ? acheva-t-elle d'une voix étranglée.

— C'est toi qui manques de sensibilité, peut-être. Dis-moi, Eleanor, quand tu m'as écrit cette lettre, que pensais-tu donc qu'il arriverait ?

— Je t'ai expliqué les raisons de ma démarche, Yan ! Je pensais que tu avais le droit de connaître l'existence de Christophor. C'est tout...

— C'est tout ? Tu pensais que j'avais le droit de savoir que j'avais un fils ? Trois ans après sa naissance ?

Eleanor sentit qu'il se maîtrisait pour ne pas laisser éclater sa colère.

— Alors, tu ne crois pas que j'ai aussi le droit de vouloir faire de mon fils un enfant légitime?

— Je veux être sûre que Christophor grandisse au calme, dans un climat d'amour, c'est tout ce qui compte pour moi...

— Et il en sera ainsi, affirma Yan avec rudesse.

Puis il gagna la porte.

— Viens avec moi, Eleanor, je vais te montrer ta chambre. Et rappelle-toi bien une chose : Christophor est *mon* fils. Pas question, donc, qu'il reparte pour l'Angleterre. Son foyer — et par conséquent le tien — c'est ici, en Grèce.

Ce ton sans réplique glaça le sang d'Eleanor.

# 2.

Ne trouvant pas le sommeil, ce soir-là, Eleanor s'attarda sur le balcon de sa chambre. Au milieu des étoiles, un croissant de lune brillait, seuls le cri strident des cigales et le murmure de la brise dans les pins maritimes brisaient le silence de la nuit.

La jeune femme se sentait terriblement seule. On ne l'avait même pas laissée baigner son fils, ni le coucher. Elle avait eu beau protester, Evangelie avait été désignée pour s'occuper de Christophor après dîner.

Eleanor frissonna en dépit de la chaleur. Sur ce balcon, il lui semblait être suspendue dans le temps et l'espace. La nuit était claire et mystérieuse à la fois. Une nuit de solitude où tout pouvait arriver...

Mais elle n'était pas seule, se dit-elle pour se rassurer. Il y avait tante Meg, bien sûr. Tante Meg qui l'avait finalement convaincue d'écrire à Yan. C'était la sœur de sa grand-mère, celle qui l'avait recueillie, l'année de ses quatorze ans, après la mort de sa mère. Son père, Eleanor ne l'avait pas connu. Il avait déserté le domicile conjugal à sa naissance, pour partir avec une autre femme. Après son bac, Eleanor s'était orientée vers les carrières du tourisme, et avait vécu trois ans à Londres, dans une petite chambre meublée. Son premier poste à l'étranger, ce fut Skiathos. Et une histoire d'amour qui se termina mal. Alors, l'hôtel de tante Meg, dans le Northumberland, avait été le refuge tout trouvé, puisque Yan en ignorait l'existence...

Accoudée au balcon, les yeux fixés sur la surface miroitante de la mer Egée où se reflétait la lune, Eleanor vit défiler sur l'écran de sa mémoire les souvenirs de cet été fatal. Des souvenirs qui revenaient sans cesse la tourmenter...

A son arrivée à Skiathos, Eleanor partageait un appartement avec Laura, son aînée de cinq ans, qui travaillait pour la même agence de voyages qu'elle. Laura savait tout, elle avait fait le tour du monde comme accompagnatrice, elle avait tout connu, tout vu, et, mue par un élan protecteur, elle prit tout de suite sa jeune collègue sous son aile. Pour commencer, elle la mit en garde contre la population mâle de l'île. Plus tard, elle regarda, impuissante, Eleanor tomber éperdument amoureuse de Yan, et ce fut elle qui, croyant bien faire, déclencha la crise.

Laura se rendait souvent au Thessa Beach, l'hôtel de la famille Diamakis où descendaient des groupes de touristes dont elle était responsable. Elle brossa un tableau plein d'humour des Diamakis, un véritable clan qui régnait sur Skiathos depuis des décennies. Alexandros Diamakis avait pris sa retraite à la mort de sa femme, une Anglaise pleine de charme et d'allant qui avait donné ses lettres de noblesse au Thessa Beach. Depuis, leur fils, Yan, avait renoncé à une brillante carrière dans le transport maritime et aérien à Athènes pour prendre les rênes de l'affaire. Laura le décrivait comme un homme dynamique doté d'un magnétisme peu ordinaire. Et dangereusement séduisant. A éviter à tout prix, en somme, précisait-elle en riant.

Eleanor le vit pour la première fois sur la plage, en fin d'après-midi. Sa journée de travail terminée, elle avait enfilé un maillot et un short, puis elle avait marché depuis le village. C'était si agréable de venir souffler un peu au bord de l'eau ! Il y faisait beaucoup moins chaud, et la plupart des vacanciers avaient regagné l'hôtel.

Sur les eaux turquoise de la baie, un homme faisait du ski nautique. Eleanor s'assit dans une chaise longue et observa. De toute évidence, il ne s'agissait pas d'un touriste inexpérimenté qui tombait à l'eau tous les dix mètres, mais d'un véritable athlète qui pratiquait son art avec une incontestable maestria. Avec quelle apparente facilité il effectuait les figures les plus périlleuses ! On ne pouvait même pas l'accuser de se donner en spectacle, la plage était pratiquement vide. Non, il s'adonnait à son sport par pur plaisir.

Comme cela paraissait facile ! songea Eleanor avec envie sans le quitter des yeux. Voilà qu'il décrivait un arc de cercle pour revenir vers le rivage en douceur, et il acheva sa course sur le sable, sans avoir une seconde perdu l'équilibre. Du grand art, décidément !

Un dieu... C'était un dieu descendu de l'Olympe, se dit Eleanor en le voyant remonter la plage en courant. Il était trop parfait, trop musclé, trop bronzé pour n'être qu'un simple mortel. Se rappelant à la raison, la jeune femme décida qu'il s'agissait bien plutôt d'un moniteur. Sans doute, le moniteur de ski nautique employé par l'hôtel, puisqu'il se dirigeait vers le Thessa Beach. Sa journée terminée, il venait se détendre, tout simplement. Comme il passait non loin d'elle, il ralentit l'allure et sourit.

— Bonsoir !

— Vous pourriez m'apprendre à faire du ski nautique ? demanda-t-elle sans préambule.

Il éclata de rire.

— Moi ?

Ce timbre grave et chaud, ce ton gentiment moqueur qui lui deviendraient si familiers l'irritèrent.

— Eh bien, oui ! Combien prenez-vous de l'heure ?

Elle eut droit à un regard troublant qui s'attarda sur ses grands yeux bleu-vert, avant de détailler son visage à l'ovale délicat et le reste de sa personne, de son opulente chevelure couleur châtaigne à sa jolie silhouette élancée. Jamais encore un homme ne l'avait contemplée de cette façon. Celui-ci ne se pressait pas, son œil de velours noir ne perdait rien des rondeurs que moulait le maillot en lycra, et cette inspection déconcerta la jeune femme.

— Pour vous, mademoiselle, les leçons seront gratuites, répondit-il enfin, le plus sérieusement du monde.

— Oh, mais je ne peux pas accepter...

— *Parakalo*, la coupa-t-il en souriant. Je le ferai avec grand plaisir, je vous assure.

— Dans ce cas, si vous insistez...

Eleanor se leva, un peu intimidée. Pour se donner une contenance, elle enfonça les mains dans les poches de son short tout en réfléchissant à son emploi du temps.

— Je m'appelle Eleanor Carrington, dit-elle. Puis-je venir... demain ?

— A cette heure-ci, ça vous va ?

— Parfait. Marché conclu, alors... Et merci... *efkharisto* !

Il inclina la tête avec un sourire, puis reprit sa route en direction de l'hôtel, sans un regard en arrière.

Durant une quinzaine de jours, il lui laissa croire qu'il était moniteur de ski nautique. Les remarques qu'il échangeait avec l'homme qui conduisait le hors-bord se faisaient en grec, et trop vite de toute façon pour qu'Eleanor puisse comprendre. Elle progressa rapidement, mais l'attirance qu'elle éprouvait pour son beau professeur progressait plus vite encore...

Le moindre effleurement déclenchait un émoi insoupçonné l'instant d'avant. Bien entendu, elle s'évertuait à ne rien laisser paraître, détournant les yeux quand il la regardait avec un peu trop d'attention, et feignant le détachement total quand ils bavardaient. Elle se sentait vulnérable, troublée plus que de raison dès qu'il lui témoignait son approbation d'un simple hochement de tête. Et le soir, dans son lit, quand elle tentait désespérément d'analyser ces émotions nouvelles, elle en arrivait toujours aux mêmes conclusions : elle était sous le charme, son moniteur lui avait tourné la tête, et elle découvrait du même coup le désir physique. Car jusque-là, son expérience des hommes s'était limitée à quelques baisers maladroits et autres caresses tâtonnantes de la part de jeunes gens de son âge dans les surprises-parties. Rien, en somme, qui lui ait laissé un souvenir impérissable. Alors que cette fois, sans un seul baiser, sans la moindre caresse, elle tremblait de désir.

Cette fois, l'émotion qui lui faisait battre le cœur à la vue de son instructeur ou qui lui sapait le moral si elle arrivait la première au rendez-vous et se mettait à craindre qu'il ne vienne pas, cette émotion là était révélatrice : elle était amoureuse, pour la première fois de sa vie. Et c'était ce qui la rendait tellement sensible à tout ce qui se passait autour d'elle, quand la journée touchait à sa fin. En fait, elle ne vivait que pour ces instants-là, lorsqu'elle prenait le chemin de la plage sous un soleil déjà moins chaud. Le chèvrefeuille et le jasmin exhalaient le meilleur de leur parfum, et Eleanor les respirait sans retenue, transportée de bonheur. Il lui semblait marcher sur un petit nuage rose, et l'instant d'après, sans savoir pourquoi, elle voyait tout en noir. Oui, c'était sûrement cela, l'amour ! Un amour éperdu, secret, sans espoir pour un homme sublime.

Ce fut Laura qui, la première, releva l'erreur.

— Dis-moi donc à quoi ça rime, Eleanor, de prendre des leçons de ski nautique avec Yan Diamakis ?

Eleanor en resta muette de saisissement. Mais le soir même, quand elle retrouva Yan à l'endroit habituel, la parole lui était revenue. Et elle accusa, reprocha avec une virulence qui ne désarçonna pas Yan. Il émit un petit rire amusé, puis attira Eleanor contre lui et prit ses lèvres.

Le premier baiser qu'ils échangeaient, et c'était tout simplement magique ! Un baiser aussi qui les enflamma, corps contre corps, étroitement enlacés.

— Eleanor... Eleanor...

Yan l'écarta de lui une fraction de seconde pour contempler son visage surpris, ses grands yeux innocents, puis il l'entraîna sous les pins, loin des regards indiscrets et goguenards de l'homme au volant du hors-bord. Yan fit asseoir la jeune fille dans une chaise longue et s'agenouilla près d'elle.

— Eleanor, murmura-t-il d'une voix rauque, j'ai tellement envie de vous que j'en perds la tête... pardonnez-moi, *agapiti mou*...

— Je n'ai rien à pardonner, Yan, car moi aussi... j'ai très envie de vous...

Une lueur amusée passa dans les yeux noirs de Yan.

— Quel âge avez-vous, Eleanor?

— J'ai vingt et un ans! Je suis adulte et je sais ce que je fais...

Ses mots avaient dépassé sa pensée, Eleanor en resta sidérée.

— Moi, j'ai trente et un ans, Eleanor. Moi aussi, je sais ce que je fais... en résistant à mes désirs quand je les sais déraisonnables, répondit Yan comme à regret. Je vais vous confier aux vrais moniteurs du centre sportif qui vous donneront des leçons moins risquées.

— Je n'ai plus besoin de leçons, murmura Eleanor, j'ai appris l'essentiel...

Et elle posa innocemment la main sur le bras de Yan. Il tressaillit et l'attira contre lui. Ils s'embrassèrent longuement, passionnément jusqu'au coucher du soleil.

Plus tard, ce soir-là, il fut convenu qu'ils dîneraient ensemble dans une taverne du port. Laura n'était pas encore rentrée quand Eleanor se prépara pour cette sortie qui la mettait dans tous ses états. Elle imaginait déjà les commentaires de Laura quand elle saurait, mais tant pis! Ses sentiments pour Yan étaient trop forts.

Dès qu'il gara sa jeep en bas de chez elle, Eleanor le rejoignit, radieuse, dans un ensemble de soie vert dont la jupe en forme dansait autour de ses chevilles à chaque pas.

En moniteur de ski nautique, Yan était terriblement séduisant, mais, ce soir, dans la tenue d'un riche homme d'affaires en complet beige clair se révélait plus irrésistible encore. Eleanor adorait sa compagnie, il était drôle, intelligent, courtois, et surtout il avait un charme fou.

A table, ils parlèrent de tout, de la mythologie

grecque à la peinture impressionniste en passant par la poésie, l'histoire et la musique rock. Ils évoquèrent leurs familles respectives, comparèrent leurs goûts en matière de cuisine exotique, Eleanor raconta qu'elle avait un moment hésité entre les beaux-arts et le tourisme, Yan lui confia que sa mère adorait la peinture, une discipline qu'elle avait enseignée avant son mariage...

Eleanor avait l'impression de bavarder avec un ami de longue date. C'était miraculeux. Jamais Eleanor ne s'était sentie aussi bien, aussi à l'aise avec quelqu'un. Yan mettait soudain de la gaieté et de la couleur dans sa vie. Oui, pour elle, c'était cela la vraie vie, la réalité, cet instant présent dans un restaurant du bord de mer, en Grèce, par une chaude soirée d'été, avec l'homme le plus beau, le plus séduisant qui fût au monde...

Ensuite, ils se rendirent dans une discothèque; et quand ils dansèrent, étroitement enlacés, Eleanor se retrouva plongée dans le même émoi et le même trouble que sur la plage. Peut-être même son désir était-il plus fort encore...

Ils ne regagnèrent la jeep qu'aux premières lueurs de l'aube. Yan prit entre ses mains le visage de la jeune fille et le contempla entre ses yeux mi-clos.

— Petite Eleanor... si douce... si innocente...

Sa voix un peu rauque se voulait gentiment moqueuse.

— Votre mère ne vous a donc jamais dit qu'il ne faut pas regarder un homme avec ces yeux-là... ?

— Elle me l'aurait sûrement dit si elle n'était pas morte quand j'avais quatorze ans. Mais Laura, ma collègue, me fait régulièrement la leçon !

— Je vois... vous êtes bien conseillée, jolie Lolita, et c'est tant mieux !

— Je ne suis pas une Lolita, voyons, j'ai vingt et un ans ! protesta Eleanor. C'est la première fois que je ressens du désir pour un homme, voilà tout !

Et voilà, c'était dit... Sans ambages. Dans le silence lourd d'émotion qui suivit, Yan posa doucement ses lèvres sur celles d'Eleanor. Puis, sans un mot, il se mit au volant et la raccompagna chez elle.

— Votre collègue va s'inquiéter, dit-il en se garant en bas de chez elle.

Ce n'était guère flatteur, cette façon qu'il avait d'attendre qu'elle descende de voiture. Comme s'il avait hâte de la voir disparaître !

— Au revoir, Eleanor.

Il paraissait tendu, sa voix avait des inflexions indéfinissables.

— Au revoir.

Et rien d'autre ? Il ne suggérait même pas un rendez-vous pour le lendemain soir ? Et les moments agréables qu'ils venaient de passer, il n'en disait même pas un mot ? Eleanor rentra chez elle, en proie à un curieux tumulte intérieur...

Elle ne le revit ni le lendemain ni les jours suivants. Ravalant son orgueil, elle se rendit à leur lieu de rendez-vous habituel. Evidemment, il ne s'y trouvait pas. Déconcertée, blessée aussi, elle se plongea dans son travail, heureusement passionnant et varié, et décida d'oublier le beau Yan Diamakis. Ce qui s'était passé n'avait aucune espèce d'importance, elle était tombée sur un homme d'expérience qui avait voulu s'amuser un instant aux dépens d'une fille nettement plus jeune que lui. Elle avait un peu perdu la tête, mais Dieu merci, elle survivrait à cette folie éphémère ! Oui, elle en guérirait dès que sa blessure d'amour-propre se refermerait...

Suivant les conseils de Laura, elle accepta, quoique sans enthousiasme, quelques sorties après leur journée de travail. C'est ainsi qu'elle revit Yan, un soir justement qu'elle dînait avec Laura et deux de leurs collègues, Tim et John.

En tenue décontractée mais d'une élégance irréprochable, il lui parut plus beau encore que dans son souvenir. Il était attablé non loin d'eux, en compagnie d'une superbe jeune femme à l'opulente chevelure noire. Vêtue d'un ensemble très moulant de soie noire et lamé argent, elle incarnait la sophistication même. Eleanor eut soudain l'impression de n'être qu'une écolière gauche et timide en comparaison de l'inconnue, surtout dans sa petite robe bain de soleil rose et ses sandalettes à talons plats.

Voilà donc pourquoi Yan ne lui avait plus donné signe de vie... Quelle idiote, tout de même, d'avoir pu imaginer qu'un homme tel que lui s'intéresserait à elle !

Soudain, leurs regards se croisèrent, et Eleanor reçut un choc. Laura s'étant absentée un instant, elle en profita pour fausser compagnie à John et à Tim ; ils ne remarquèrent même pas son départ précipité, ils avaient bu un peu trop de résiné et se racontaient des histoires connues d'eux seuls.

La taverne était située sur une colline dominant le port et Eleanor marchait au bord de la route, guettant désespérément un taxi qui pourrait la ramener chez elle. Des larmes qu'elle ne pouvait plus retenir roulaient sur ses joues.

Brusquement, la jeep de Yan s'arrêta à sa hauteur. Il la hissa à bord sans cérémonie, et elle ne résista pas.

— Eleanor... Pourquoi êtes-vous partie si précipitamment ? demanda-t-il d'une voix que l'émotion altérait.

— Parce que je...

Comment lui avouer la vérité sans risquer de s'humilier davantage?

— Ne pleurez pas, Eleanor, il n'y a pas de quoi! Je ne voulais pas vous faire de la peine. Mais il fallait que j'aie une conversation avec Sofia...

— Sofia? C'est son nom? Et où est-elle en ce moment, cette pauvre Sofia? sanglota Eleanor dans un sursaut de colère. Vous l'avez laissée tomber — comme moi l'autre soir?

Yan avait légèrement pâli. Etait-il en colère? Peut-être ressentait-il une fatigue soudaine? Eleanor ne le connaissait pas suffisamment pour trouver la réponse.

— Nous avions simplement terminé, et Sofia est rentrée chez ses parents qui n'habitent pas loin.

— Mais voyons!

— Vous voudriez que je vous courtise alors que je suis toujours lié à une autre femme? Est-ce ainsi que les gens se conduisent dans votre pays, Eleanor?

— Qui vous dit que j'ai envie d'être... courtisée par vous? lança-t-elle, agacée d'avoir rougi.

— Ah, j'avais cru comprendre pourtant..., répliqua-t-il avec un sourire moqueur.

— Ce que vous pouvez être prétentieux!

— Non, je suis franc. Je vous désire, Eleanor, mais je m'interdis d'aller plus loin avec vous tant que tout n'est pas réglé avec Sofia.

— Est-ce ainsi qu'on agit dans votre pays, de sang froid, juste pour l'honneur? ironisa Eleanor à son tour.

Yan redémarra en trombe et ne desserra pas les dents de tout le trajet. Il descendit de la jeep pour accompagner Eleanor à sa porte.

— Mieux vaut arrêter les frais tout de suite, dit-il. Trop de choses nous séparent, Eleanor. Peut-être attendez-vous de moi ce que je ne peux pas vous donner. Alors, n'y pensez plus, petite fille. D'accord? *Adio*, Eleanor...

Le cœur lourd, elle le vit remonter dans sa jeep et s'éloigner dans la nuit. Elle resta un long moment à faire les cent pas dans sa chambre, complètement anéantie. Et puis, sans trop savoir ce qu'elle faisait, mais mue par une force incontrôlable, elle sortit de chez elle et gagna l'hôtel au bord de la plage.

Un peu surpris, le réceptionniste à qui elle demanda où se trouvait l'appartement privé de Yan lui indiqua le chemin.

Elle gravit trois étages et frappa à une porte en chêne massif. Quand Yan ouvrit, il sortait visiblement de sa douche, il n'avait qu'une serviette-éponge autour des reins. Eleanor regarda autour d'elle. Elle se trouvait dans un superbe appartement au dernier étage de l'hôtel. De grandes baies vitrées ouvraient sur la mer, et en cet instant, un ferry illuminé traversait la baie en direction de l'île.

— Yan, je n'arrivais pas à trouver le sommeil, dit-elle d'une voix tremblante, il fallait que je vous explique... Quand j'ai parlé de sang-froid tout à l'heure, je ne pensais pas à vous en particulier, je voulais juste dire que...

— Oui, Eleanor, je sais ce que vous vouliez dire, l'interrompit doucement Yan en la prenant dans ses bras. Le sang-froid n'est pas ce qui me caractérise quand je vous serre contre moi, je vous assure!

Mais que ces mots doux lui semblaient loin, à présent! En entendant crier Christophor dans la chambre voisine, Eleanor s'arracha immédiatement à sa rêverie. Heureusement, les souvenirs s'effaçaient peu à peu de sa mémoire! Il lui avait fallu du temps, toutefois, pour oublier la jeune fille trop romanesque et si naïve d'autrefois, pour cesser de penser aux semaines de passion qui avaient suivi cette première nuit.

Eleanor se glissa sans bruit dans la chambre de son fils. Christophor dormait profondément, il avait dû pousser un léger cri dans son sommeil, sans pour autant se réveiller. Comme elle avait envie de le prendre dans ses bras et de l'emporter dans son propre lit ! Son enfant était seul capable de lui apporter un peu de réconfort.

Mais Eleanor réprima ce désir égoïste. Christophor était ce qu'elle avait de plus précieux au monde, et en aucune façon, il ne fallait le perturber. A elle de trouver la solution pour sortir de cette impasse, mais cela ne se ferait pas aux dépens de l'équilibre de son fils. Christophor avait le droit de continuer à mener l'existence calme et sereine qui était la sienne depuis sa naissance.

Eleanor regagna sa chambre et se coucha, mais elle resta longtemps les yeux ouverts dans l'obscurité, à réfléchir. Tant de pensées se bousculaient dans sa tête, tant de questions sans réponses, aussi ! Et puis, elle ne décolérait pas. La demande en mariage de Yan l'avait mise hors d'elle. Ne l'avait-il pas suffisamment humiliée quatre ans plus tôt ? Non, elle allait trouver une solution !

Lorsqu'elle se réveilla, il faisait grand jour, et Eleanor comprit qu'elle avait dû finir par s'endormir. Un coup d'œil à sa montre lui indiqua qu'elle avait même dormi très longtemps.

Elle se leva d'un bond et se précipita dans la chambre voisine, mais Christophor ne s'y trouvait pas.

De la terrasse lui parvinrent alors des rires d'enfant et celui, plus grave, d'un homme. Yan et Christophor prenaient leur petit déjeuner ensemble. Eleanor se doucha rapidement et s'habilla tout aussi vite, puis elle descendit les rejoindre, vêtue d'un short blanc et d'une liquette en soie bleu marine.

A peine avait-elle fait un pas sur la terrasse, qu'Eleanor s'immobilisa. Autour de la longue table recouverte d'une nappe blanche, se trouvaient Yan, une tasse de café à la main, Christophor occupé à dévorer un œuf coque et une tranche de fromage, mais aussi une femme à l'opulente crinière de jais. Sofia!

Sofia toujours proche de Yan apparemment, même si ce dernier proposait à une autre de l'épouser...

Eleanor s'avança, le cœur battant, et croisa le regard gris qu'elle reconnaissait, hélas, trop bien. Elle vit Sofia se pencher vers Yan pour lui murmurer quelque chose. Yan se retourna, et au même moment, Christophor se précipita vers sa mère en criant joyeusement :

— Maman !

Eleanor prit son fils dans ses bras, il se pelotonna contre elle, lui passa ses petits bras autour du cou, et elle l'embrassa tendrement.

— *Kalimera*, Eleanor, quelle joie de vous revoir !

Les yeux de Sofia exprimaient plutôt le contraire, mais Eleanor fit comme si de rien n'était. Elle arbora un sourire poli, et laissa Evangelie réinstaller Christophor à table, tandis qu'elle s'asseyait à son tour. Elle bouillait intérieurement. A quoi jouaient-ils, Yan et Sofia ? A s'imaginer que Christophor était *leur* fils et qu'ils formaient une gentille petite famille... ?

— Je vais faire du bateau aujourd'hui, annonça Christophor tout joyeux. Avec papa et tatie Sofia. C'est tatie qui l'a dit.

— Ah, oui ?

Eleanor s'efforça de rester calme. Vouloir le bonheur de Christophor était son plus vif désir. Mais de là à se faire évincer par Sofia...

— Papa a dû oublier qu'il avait beaucoup de travail aujourd'hui, mon cœur. Quant à tatie Sofia, je pense qu'elle a oublié son rendez-vous chez le coiffeur. Alors, si nous allions faire du cheval, toi et moi, plutôt ?

— On fera du cheval ?

— Si tu veux.

Christophor approuva vigoureusement de la tête, visiblement enchanté.

— Bon, voilà qui est réglé. Merci en tout cas, une autre fois, peut-être ? déclara Eleanor avec un sourire aimable à l'adresse de Sofia et de Yan.

Sofia dit quelques mots en grec à l'intention de Yan. Celui-ci répliqua, toujours dans leur langue. Et Eleanor n'aurait su définir s'ils échangeaient des propos aimables ou acerbes.

Eleanor s'était assise à table et beurrait une tartine. En face d'elle, Yan finissait son café. A quoi pensait-il ? Prétextant qu'on l'attendait au magasin, Sofia prit congé, froidement.

— Tu ne t'es pas montrée très polie, remarqua Yan d'un ton neutre après son départ.

Eleanor observa un moment Christophor qui appâtait un chat plutôt maigre avec un morceau de fromage.

— N'organise rien pour mon fils sans me consulter avant, riposta-t-elle enfin d'un ton sec.

— *Notre* fils, rectifia posément Yan. Il n'est pas trop jeune pour monter à cheval sans que ce soit dangereux ?

— Bien sûr que non ! Nous avons un manège à

l'hôtel, en Angleterre. Christophor a appris à monter pratiquement avant de savoir marcher...

— Ici, vous allez devoir vous contenter de mulets, l'informa Yan avec un large sourire.

Il semblait très décontracté en jean et polo. Eleanor le trouvait trop près pour sa tranquillité d'esprit.

— Bonne idée que cette matinée d'équitation! dit-il. Nous pouvons partir dans ma jeep d'ici à une demi-heure, d'accord?

— Tu n'as pas besoin de nous accompagner...

— Mais j'en ai envie.

Le ton était enjoué, mais c'était bel et bien un ton sans réplique.

— De plus, cela nous donnera l'occasion de parler, ajouta-t-il.

— Nous n'avons pas grand-chose à nous dire, à part nous mettre d'accord sur certains arrangements concernant Christophor, comme le droit de visite, par exemple...

— Si, je pense que nous avons une foule de choses à nous dire, au contraire. Je brûle de curiosité, je l'avoue!

— A quel sujet? demanda Eleanor, alarmée soudain.

— J'aimerais savoir pourquoi tu as rompu nos fiançailles, il y a quatre ans; pourquoi tu m'as menti à propos du bébé que tu attendais; et pourquoi tu m'as écrit, pourquoi tu m'as tout avoué si longtemps après?

Yan se leva, le regard énigmatique.

— En outre, nous devons discuter de notre prochain mariage, n'est-ce pas? Tu vois bien, Eleanor, que nous avons énormément de choses à nous dire! N'est-ce pas?

Eleanor le fixa droit dans les yeux, et quand elle parla, il y avait une nuance de défi dans sa voix :

— Il n'y aura pas de mariage, Yan. En tout cas, pas entre toi et moi, je le crains bien. Parce que... vois-tu, je vais bientôt épouser quelqu'un d'autre...

# 3.

Les mots avaient jailli presque malgré elle, dictés par un réflexe d'autodéfense. Mais Eleanor les regretta bien vite quand elle vit l'expression menaçante de Yan.

Baissant les yeux, elle se servit une autre tasse de café.

— C'est vrai, Eleanor? demanda Yan d'une voix sourde.

Comment deviner ce qu'il ressentait en cette seconde? Yan Diamakis savait si bien dissimuler ses sentiments et ses émotions!

— Je te raconterais des mensonges, tu crois?

Décidément, c'était la journée des paroles malheureuses... Yan émit un petit rire narquois.

— Et comment! rétorqua-t-il.

Eleanor rougit légèrement. Il avait commis un acte abominable en enlevant Christophor, et pourtant, il parvenait à la culpabiliser *elle*! Oui, elle avait toujours le sentiment d'être dans son tort en face de lui.

— Et toi, tu ne m'as jamais menti, je suppose? lança-t-elle.

A présent, Christophor jouait un peu plus loin, par

terre, il essayait de nourrir le chat de force en lui mettant le nez dans les reliefs de son petit déjeuner.

— Je t'ai menti, à quel sujet? s'enquit Yan.

— Sofia.

Aujourd'hui encore, elle prononçait ce nom avec une incroyable réticence. Pourtant, elle n'était plus jalouse, sûrement pas, au bout de tant d'années...

— Je ne me souviens pas de t'avoir menti au sujet de Sofia.

— Ah, non? Et cette demande en mariage, il y a quatre ans? Jamais on ne m'avait infligé plus gros mensonge!

— Je t'ai demandée en mariage, parce que je voulais t'épouser, Eleanor.

Le regard qu'il posait sur elle ne dévoilait rien; quand elle n'eut plus la force de le soutenir, Eleanor se leva de table et alla rejoindre Christophor.

— Non, mon ange, le chat n'a plus faim, dit-elle tendrement en prenant son fils dans ses bras. Et je ne sais pas s'il aime tellement le pain et le fromage...

— Il mange quoi, le chat, alors? demanda Christophor.

Yan s'approcha et ébouriffa doucement les cheveux de son fils.

— Des souris, l'informa-t-il. S'il est assez rapide pour les attraper.

Il y avait une telle tendresse dans sa façon d'être avec Christophor qu'Eleanor en fut émue.

— Et maintenant, va vite te laver les mains, mon bonhomme. Maman et moi nous t'emmenons faire du cheval. *Endaxi?*

— ... *daxi!* répondit Christophor le plus sérieusement du monde.

Il se familiarisait avec le grec à une vitesse qui stupéfiait sa mère.

Une demi-heure plus tard, ils chevauchaient dans la pinède surplombant la baie. Tout en bas, la mer miroitait sous le soleil, du même bleu pur que le ciel. Une famille en promenade, voilà à quoi ils ressemblaient tous les trois, songea Eleanor en regardant son petit garçon à califourchon sur sa mule, entre ses parents, avec Yan tenant fermement la longe.

— J'aurais cru que tu préférerais aller faire du bateau avec Sofia, remarqua Eleanor.

— Eh bien, non, j'aime mieux passer la matinée avec mon fils et sa mère. Et je suis très curieux d'en apprendre davantage sur ton fiancé, là-bas, en Angleterre.

Eleanor lui décocha un regard de côté, courroucée de lui voir cette expression si composée. Elle aurait nettement préféré une franche hostilité.

— Tu m'en veux de ne pas t'avoir annoncé la naissance de Christophor, je le sais, Yan...

— A t'entendre, on croirait qu'il s'agissait d'un simple oubli, la coupa-t-il d'un ton acerbe. Alors que tu avais prémédité ton geste ! Alors que tu mentais en m'écrivant lâchement que tu n'étais pas enceinte !

— Il faut que tu comprennes mes raisons...

— Jamais !

— Dans ce cas, moi non plus je ne comprendrai jamais les raisons qui t'ont conduit à...

— A quoi faire ?

Kidnapper Christophor. Et à me faire venir ici... A moins que tu ne veuilles te venger, bien sûr !

— A t'entendre, je suis un tyran, c'est cela ?

— Tout juste !

— J'espérais que tu serais devenue adulte, remarqua-t-il avec un peu d'ironie. Ta lettre me l'avait laissé supposer. On dirait que je me suis trompé.

— J'ai mûri, et si tu ne t'en aperçois pas, c'est la preuve de ta propre immaturité ! Avoir un enfant, crois-moi, ça t'oblige à grandir, Yan ! Et le processus s'accélère singulièrement quand cet enfant, il faut l'élever seule !

— Tu n'étais pas obligée de l'élever seule, Eleanor. C'est toi qui as fait ce choix ! Tu prétends avoir mûri, et pourtant, ta façon d'agir dément tes propos.

— De quel droit te permets-tu ce genre de jugement ?

— J'ai été ton premier amant, Eleanor, l'as-tu oublié ? Tu es venue un soir chez moi, et nous avons fait l'amour. A partir de ce moment-là, nous nous sommes aimés tous les jours pendant les deux mois qui ont suivi. Je croyais te connaître. Et ta conduite envers moi par la suite me donne, je pense, le droit d'émettre certains jugements sur ton caractère.

Absorbé par les sensations qu'il découvrait juché sur sa mule, Christophor ne pouvait pas suivre leur conversation, d'autant que Yan parlait à mi-voix et sur un ton très calme. Exactement comme s'il avait commenté la beauté du site et le plaisir qu'il y avait à chevaucher dans cette pinède au-dessus de la baie.

Eleanor regardait droit devant elle, rongeant son frein. Comment Yan pouvait-il lui demander si elle avait oublié ? Le souvenir de cette première nuit d'amour demeurerait gravé dans sa mémoire pour l'éternité. Yan avait marqué sa vie d'une empreinte indélébile.

— Soudain, après quatre ans, tu m'écris pour m'informer que j'ai un fils, reprit-il. Tu passes aux aveux : tu n'avais pas perdu le bébé, ton mensonge était délibéré, ainsi que ta fuite en Angleterre alors que tu portais mon enfant...

— Yan, je...

— Tu m'écris quatre ans plus tard, tu me donnes ton adresse, m'invitant par conséquent à te rendre visite. Seulement, quand je me présente à ta porte, tu m'accueilles froidement...

— Qu'attendais-tu, au juste ? Que je me jette à ton cou ?

— ... et tu refuses que mon fils se rende en Grèce, son pays...

— Cela te donnait-il le droit de l'enlever en me laissant un mot plein d'arrogance et un billet d'avion ?

— Parce que, toi, tu m'as laissé un mot voici quatre ans en te sauvant avec mon enfant que tu portais ? Moi, au moins, j'ai eu la bonté de te dire où nous allions !

— Tu appliques la loi du talion, alors, si je comprends bien ? J'aurais dû m'en douter ! Et puis d'abord, je te signale que Christophor est anglais. Son pays, c'est l'Angleterre !

— Essaie plutôt de voir les choses de mon point de vue, Eleanor. Notre enfant a été conçu ici, en Grèce.

— Mais tu es seulement à moitié grec. Ta mère était anglaise. Moi je suis anglaise. Christophor est donc plus anglais que grec et, par conséquent, il...

Eleanor s'interrompit. A quoi bon discuter ? Il aurait toujours le dernier mot. Yan Diamakis était un homme autoritaire et inflexible. Autrefois, ce trait de caractère l'attirait, elle se sentait en sécurité avec lui, bien protégée. D'un autre côté, elle se sentait très jeune aussi, terriblement vulnérable. Une impression qui se serait vite dissipée si elle avait été sûre de l'amour de Yan. Car s'il l'avait aimée comme elle l'aimait, alors elle aurait tout accepté...

Seulement voilà, elle avait toujours douté de son amour lorsqu'ils étaient ensemble.

— On rentre ?

La voix de Yan ramena Eleanor à la réalité.

— Il commence à faire chaud, et la sieste, en Grèce, c'est sacré, aussi bien pour les grands que pour les petits, continua-t-il en indiquant Christophor qui semblait s'ennuyer maintenant sur sa mule.

— Et le point de vue des autres, tu y as songé ? demanda-t-elle sèchement comme ils faisaient demi-tour. Tu ne vois donc pas qu'une femme a le droit de choisir sa vie, qu'elle peut choisir d'avoir un enfant, de faire une carrière... ?

— Mais si, je suis tout à fait d'accord, Eleanor. Seulement, il ne faut pas oublier l'enfant. Si tu estimes qu'il est préférable pour Christophor de grandir sans son vrai père, de croire même que son père ne veut pas de lui, tu commets une grave erreur. Un petit garçon a besoin de son père. Et je suis le père de Christophor. Cela, tu l'as accepté, je présume, sinon tu ne m'aurais pas écrit cette lettre.

Comment réfuter un argument d'une telle logique ?

— Soit, tu es son père biologique, et je ne dis pas le contraire, admit-elle de mauvaise grâce.

Un silence tendu suivit, que Yan brisa le premier.

— Et voilà que tu m'annonces tranquillement qu'un homme, en Angleterre, désire tenir ce rôle de père. Qui est-ce ? Comment s'appelle-t-il ? Que fait-il dans la vie ?

Ces interrogations en rafale et la dureté du ton ébranlèrent Eleanor.

— C'est un médecin homéopathe... Il s'appelle... Geoffrey. Geoffrey Terence-Evans...

— Tu penses vraiment que je vais laisser un charlatan du nom de Geoffrey Terence-Evans élever mon fils !

Son ironie mordante affola Eleanor.

— Geoffrey n'est pas un charlatan ! s'écria-t-elle. Cesse donc de dire des inepties ! C'est courant, tu sais, quand les familles se séparent, qu'un enfant soit élevé par un beau-père ou une belle-mère...

Ils étaient de retour au manège, ce qui mit un terme à la conversation. Christophor semblait bien fatigué quand sa mère l'aida à descendre de sa monture. Elle l'embrassa et le câlina contre son cœur.

— Et si on rentrait déjeuner, puis faire un petit dodo avant d'aller jouer sur la plage ? suggéra-t-elle, comme il lui passait les bras autour du cou.

Evangelie avait préparé un déjeuner léger pour l'enfant. Visiblement, elle l'adorait et ne pensait qu'à lui faire plaisir. De son côté, malgré la fatigue de la promenade, Christophor n'avait rien perdu de son robuste appétit, et il fit honneur à la sole grillée et au yaourt au miel apportés par Evangelie. Ensuite, cette dernière l'emmena faire sa sieste.

— Cet enfant va être trop gâté, commenta Eleanor en les regardant partir.

Elle se retrouvait seule une fois de plus avec Yan, sur la terrasse ombragée, en train de boire un café.

— Raison de plus pour essayer de lui faire mener une existence normale, observa Yan.

— J'y compte bien. Dès notre retour en Angleterre...

— Tu lui as donné un prénom grec !

— Que j'ai adapté. Je pense au jour où il commencera l'école ; les gamins sont parfois si cruels quand un nom sort trop de l'ordinaire...

— Pourquoi l'as-tu appelé ainsi, si tu détestais autant la Grèce et tout ce que j'incarnais ?

Sous le regard pénétrant qu'il posait sur elle, Eleanor se sentit plus vulnérable que jamais. Surtout depuis qu'il s'était moqué de Geoffrey. Il n'avait pas caché son hostilité, et depuis, elle sentait peser sur elle une menace.

— Comment aurais-je pu détester la Grèce ? dit-elle d'une voix mal assurée. C'est un pays que j'adore...

— Tu me détestais moi, et moi seul, alors. Pourquoi, Eleanor ? Pourquoi m'as-tu laissé croire que tu m'aimais ?

— Ne dit-on pas de l'amour qu'il est l'autre face de la haine ? Mais je ne te haïssais pas, Yan, j'avais... peur, tout simplement.

L'amour qu'elle éprouvait pour lui alors était si fort qu'elle s'effrayait — voilà ce qu'elle avait envie de lui révéler. Mais pas question de commettre cette erreur fatale ! Il en profiterait pour la piéger une fois encore...

— Ton mensonge témoigne de ta haine, Eleanor. Dire que j'aurais mis ma main au feu que tu étais amoureuse de moi !

— J'éprouvais de l'attirance, ce n'est pas la même chose. Et cela ne dure pas.

— Tu avais peur, dis-tu ? De quoi ? De moi ?

Eleanor ne trouvant pas les mots pour répondre, il insista :

— Tu n'as plus peur, à présent, Eleanor ?

Sa voix avait soudain une inflexion plus rauque qui réveilla en elle une ancienne souffrance.

— Je n'ai pas peur de toi, non, avoua-t-elle. Mais j'ai peur pour Christophor. Si quelqu'un s'avisait de lui faire du mal, je serais capable de tuer...

— La lionne qui protège farouchement son petit, hein ?

Il termina son café tout en observant Eleanor d'un œil goguenard.

— Et cet homéopathe, tu le connais depuis longtemps ?

— Je l'ai rencontré lors d'un cours d'aromathérapie, un peu avant la naissance de Christophor...

— L'aromathérapie ?

— Il s'agit d'une médecine douce, basée sur les huiles essentielles.

— Oui, je sais ce qu'est l'aromathérapie. Je me demandais juste pourquoi tu avais suivi des cours dans cette discipline.

— J'ai pensé que cela me serait utile dans le centre de remise en forme que ma tante a ouvert à l'hôtel...

— Tu vis avec lui ?

— Non...

— Tu es sa maîtresse ?

— Cela ne te regarde absolument pas !

— Je ne vois pas de bague de fiançailles à ton doigt...

— Nos fiançailles ne sont encore qu'officieuses.

— Envoie-lui un mot. Dis-lui que tu vas te marier avec le père de ton enfant.

— Tu as perdu la tête ou quoi ? Ce mariage serait une folie ! Tu ne m'aimais pas il y a quatre ans, Yan, et tu ne m'aimes toujours pas aujourd'hui !

Il y eut un silence, lourd d'amertume et d'incertitudes, puis Yan déclara d'une voix sans émotion :

— L'amour n'a rien à voir là-dedans. Ni la confiance, d'ailleurs. Car tu n'imagines tout de même pas que je pourrais te faire confiance ? Après la façon dont tu m'as traité ?

La jeune femme se raidit. Jusque-là, elle était parvenue à conserver son calme, mais cette fois la coupe était pleine.

— Mais c'est toi qui as parlé mariage, parce que tu

avais *pitié* ! lança-t-elle en refoulant ses larmes. Tu avais découvert que j'étais enceinte, alors un malencontreux sens du devoir et de l'honneur t'a soufflé qu'il fallait... réparer ! C'est toi aussi qui prétendais être libre, alors qu'en réalité tu étais fiancé à Sofia ! Cet été-là, tu m'as dupée, Yan, tu t'es livré à un petit jeu avec moi, un petit jeu qui consistait à me conquérir ! Histoire de satisfaire ton ego...

— La vierge sacrifiée au dieu Apollon ? ironisa-t-il.

— La mythologie grecque ne m'inspire plus guère, tu sais, riposta froidement Eleanor.

Elle se leva brusquement.

— Quant à ta proposition, elle me répugne ! Un mariage sans amour et sans confiance ? Nous finirions par nous mépriser et nous haïr pour de bon, oui ! Crois-tu sincèrement que notre enfant serait heureux dans un tel climat familial ?

Yan se leva à son tour et, la saisissant par le bras, il empêcha Eleanor de s'enfuir.

— Calme-toi, Eleanor. Excuse-moi si je t'ai blessée. Viens, nous allons déjeuner à l'hôtel, et voir si nous ne pouvons pas trouver un... compromis.

— Je ne peux pas laisser Christophor..., commença la jeune femme, anxieuse soudain.

— Evangelie est là, elle veille sur lui comme une vraie mère poule. Christophor la connaît, il l'aime bien et elle l'adore, tu as bien vu.

A quelques mètres de la mer, la salle à manger de l'hôtel, aménagée sur la terrasse sous une pergola de chèvrefeuille et de bougainvillées, constituait un havre de fraîcheur à cette heure de la journée. Des jardinières de géraniums, rosiers nains et pétunias délimitaient l'espace entre lesquels étaient disposées des tables rondes habillées de nappes blanches.

Comme autrefois, il régnait dans cet endroit une ambiance très agréable, grâce en partie à la bonne humeur des vacanciers. Il serait si facile de se laisser aller à une douce détente ! songea Eleanor. Elle était moins crispée déjà et trouvait un réel plaisir à la conversation de Yan. Il savait se montrer d'excellente compagnie quand les circonstances s'y prêtaient. Et lorsqu'ils évitaient certains sujets trop épineux, Eleanor avait l'impression que rien n'avait altéré leur relation. Ce qui l'incitait, bien sûr, à redoubler de vigilance.

En attendant la salade de féta, tomates et olives noires qu'ils avaient commandée, ils évoquèrent le père de Yan qui avait pris sa retraite dans sa maison des collines. Ils parlèrent affaires aussi, comparant la gestion d'un hôtel dans le nord de l'Angleterre ou sur une île grecque. C'était pour Eleanor comme des retrouvailles avec un ami de longue date. Pourtant... Et si Yan avait lu dans ses pensées ? s'interrogea-t-elle soudain. Et s'il était en train de la manipuler pour l'amadouer... ?

Eleanor repoussa prudemment le verre de vin blanc que l'on venait de lui servir, et elle se servit de l'eau minérale.

— Tu pratiques toujours le ski nautique ? demanda Yan.

— Très peu. Je suis trop occupée. Et puis, là où j'habite, les conditions climatiques ne s'y prêtent guère.

— Tu étais une élève très douée, fit-il remarquer en esquissant un sourire. Je me rappelle, à la fin de l'été, tu m'égalais presque. Et ce n'est pas peu dire !

— Quelle modestie !

— Mais bien sûr ! La vanité est un vilain défaut.

Eleanor ne put s'empêcher de sourire.

— Tu sais, ajouta-t-il, pince-sans-rire, celui qui est trop sûr de lui trouve toujours quelqu'un pour le remettre à sa place.

Leur salade arriva et la conversation reprit aussitôt après le départ du maître d'hôtel.

— Alors, parle-moi du centre de remise en forme que tu diriges, Eleanor. Car tu m'as bien dit que tu en étais reponsable, n'est-ce pas ?

— Oui. En fait, l'idée vient de moi, et ma tante m'a donné carte blanche pour mettre ce centre en place. Et ça marche très bien. De nos jours, certains créneaux sont très porteurs, comme l'aromathérapie, par exemple...

— Les massages, tu les fais toi-même ?

Eleanor décela un soupçon de moquerie dans son intonation. A moins que ce ne fût de la réprobation ?

— Certains, oui. Mais nous employons aussi des gens du métier. Le massage aux huiles essentielles se pratique beaucoup maintenant en Angleterre, car les gens en ont découvert les bienfaits.

— Tes clients, ce sont des hommes ou des femmes ? s'enquit Yan avec une lueur malicieuse dans les yeux.

— Des femmes. Mais c'est une pure coïncidence, je t'assure. Sans doute parce que les femmes sont plus au courant de l'efficacité des médecines douces.

— Donc, si un homme te demandait un massage intégral du corps, tu lui donnerais volontiers satisfaction ?

— Bien sûr ! Ecoute, Yan, mon centre n'est pas un de ces salons de massage louches, enfin !

Il se mit à rire, amusé par son accès de colère, mais

elle était trop furieuse pour voir qu'il plaisantait, et plus rien ne l'arrêtait.

— Les hommes ne pensent donc qu'à... *ça*? s'écria-t-elle.

Yan riait de plus belle, et cette fois, elle n'alla pas plus loin.

— Tu n'as pas changé, Eleanor, dit-il gaiement. Toujours aussi romantique et innocente...

— Fais-moi grâce de tes airs condescendants, je te prie ! J'ai vingt-cinq ans, Yan, j'élève seule mon enfant et je réussis ma carrière.

— Non, tu n'as pas changé ! Toujours aussi sûre de toi, toujours aussi opiniâtre !

Et lui, toujours aussi arrogant ! songea Eleanor qui s'apprêtait à lui lancer une réplique bien sentie lorsque Sofia parut. Souriante, mais le regard dur, elle se pencha pour murmurer quelque chose en grec à l'oreille de Yan. En même temps, elle posait sur son épaule une délicate main blanche aux ongles longs et laqués de rouge.

Yan consulta sa montre et regarda Eleanor.

— Excuse-moi, il y a des problèmes à l'hôtel, paraît-il, il faut que j'aille m'en occuper.

Il se leva et sourit.

— Tu vas trouver à te distraire jusqu'à ce soir, je n'en doute pas un seul instant, ajouta-t-il.

Bizarrement, cette remarque anodine irrita Eleanor plus encore que les propos moqueurs qu'il avait tenus sur sa pratique de l'aromathérapie. Elle lui décocha un regard furibond tout en se retenant de se précipiter sur Sofia. Avec quel plaisir elle l'aurait giflée, rien que pour effacer ce petit sourire triomphant qu'elle arborait...!

Mais que lui arrivait-il donc ? Eleanor n'en revenait

pas d'éprouver des sentiments d'une telle violence. Car elle aurait dû se sentir soulagée du départ de Yan. En outre, puisqu'elle avait imaginé qu'ils étaient mariés depuis longtemps, Sofia et lui, ce qui la tenaillait en cet instant ne pouvait pas être de la jalousie !

— Oh, oui, je vais sûrement trouver à me « distraire », comme tu le dis si bien ! répliqua-t-elle. Pour commencer, je dois passer quelques coups de fil en Angleterre...

— Bien sûr. Tu vas appeler Geoffrey, probablement ?

— Cela ne te regarde absolument pas, Yan ! Et puis, dis-moi, cette comédie va-t-elle durer encore longtemps ? J'ai du travail qui m'attend, figure-toi ! Tu n'imagines tout de même pas que je vais rester indéfiniment ici, à Skiathos, à ton entière disposition ? A moins, peut-être, que je ne sois retenue prisonnière ?

— Prisonnière ? répéta Yan, faussement rêveur. Comme tu y vas ! Mais dis-moi ce qui est le plus important ? Ton travail ou l'avenir de notre fils ? Tu dois bien te rendre compte que nous avons des questions très importantes à régler.

Eleanor en resta sans voix. Il venait de marquer un point, indubitablement. Oui, ils devaient trouver une solution au problème capital qui les occupait : l'avenir de Christophor ! Seulement, elle n'appréciait pas la façon dont Yan abordait ce problème.

— Allons, détends-toi, Eleanor ! Tu es pâlotte, un brin nerveuse. Va te baigner, dore-toi au soleil, fais du ski nautique... Evangelie est là pour s'occuper de Christophor. *Adio.* On se voit plus tard.

Sans qu'elle pût l'éviter, il se pencha très naturellement pour lui poser un baiser sur les lèvres. Eleanor en frissonna de la tête aux pieds, bien malgré elle.

Puis, tandis qu'il s'éloignait, elle le suivit des yeux. Il entrait dans l'hôtel d'un pas pressé, la tête légèrement penchée vers Sofia qui lui parlait. Le cœur battant à grands coups sourds, Eleanor essaya de ne pas analyser ce qu'elle éprouvait en cette seconde...

# 4.

Sofia travaillait donc avec Yan, à l'hôtel, maintenant, et plus seulement dans la boutique de ses parents. Réflexion faite, Eleanor ne s'en étonnait pas outre mesure. Les Diamakis constituaient une véritable tribu dont les membres étaient étroitement unis. Dieu sait si elle s'en était aperçue quatre ans plus tôt! se rappela-t-elle amèrement. Maria Diamakis, la tante paternelle de Yan, avait épousé un veuf, Stefan Theopolou, le père de Sofia. Le clan désirait depuis longtemps marier les deux *cousins*, afin de prolonger la dynastie, et de consolider ainsi l'énorme empire commercial de la famille Diamakis...

Pourquoi ne s'était-il pas fait, alors, ce beau mariage tant désiré? Qui des deux promis avait hésité, Yan ou Sofia? Certainement pas Sofia, étant donné ce qu'elle avait dit à Eleanor quatre ans plus tôt. Pas de doute, Yan seul avait retardé cette union.

En route pour la villa, Eleanor se surprit à reprendre espoir. Se serait-elle trompée, par hasard, autrefois? Aurait-elle mal compris ce qui se passait?

La voix du bon sens la rappela à l'ordre. A force de se torturer en se demandant si elle avait pris la décision qui convenait quatre ans auparavant, elle allait finir par se détruire. Peut-être Yan n'avait-il jamais eu l'intention de se marier, après tout. Pas plus avec Sofia qu'avec elle. Se lier pour la vie ne l'intéressait pas, ce coureur de jupons ! En fait, un seul lien comptait pour lui, et il l'avait prouvé : celui qui l'unissait à son fils.

Ce fils qui lui ressemblait tant ! Eleanor s'arrêta un instant à l'orée de la plage privée de la villa. Christophor avait terminé sa sieste et jouait tranquillement sur le sable, à l'ombre, en compagnie de deux enfants un peu plus âgés que lui, la nièce et le neveu d'Evangelie. Quel enfant adorable ils avaient fait, Yan et elle ! songea la jeune femme avec un mélange de fierté et de crainte. Car Christophor n'était pas son enfant à *elle*, uniquement, il était aussi le fils de Yan, l'homme qu'elle avait tant aimé...

Les trois enfants examinaient attentivement quelque chose sur le sable, sous l'œil vigilant d'Evangelie qui les surveillait de la terrasse. Eleanor sourit, émue. Quel joli tableau ! Christophor paraissait heureux, tout à fait dans son élément. Quand Eleanor s'approcha d'eux, il leva la tête et courut se jeter dans ses bras.

— Mon petit cœur ! dit-elle en le couvrant de baisers.

En l'embrassant, elle le chatouilla dans le cou et Christophor gloussa de plaisir. Elle le souleva en l'air, à bout de bras, et ils se mirent à rire très fort tous les deux. Puis il se lova contre l'épaule de sa mère, lui passant ses petits bras dorés autour du cou. Christophor était un petit garçon heureux, équilibré, robuste, et elle lui donnait tout l'amour du monde. Il avait tout ce dont un enfant avait besoin. Tout, oui — sauf un père ! Ce père, il l'aurait eu si elle était restée. Mais si elle avait épousé Yan parce qu'il avait le sens du devoir, que serait-elle devenue ? Sans doute l'aurait-il négligée, car peu lui importait la femme, l'essentiel étant qu'elle porte et mette au monde son enfant...

Et l'amour, le respect, la vie de couple dans tout cela ? Qui sait s'il n'aurait pas fini par se lasser d'elle ? Et elle n'aurait pas supporté qu'il la quitte pour une autre, exactement comme son père avait abandonné sa mère. Elle aurait tout accepté, sauf cette abominable angoisse... !

Un peu plus tard, alors que les enfants jouaient au bord de l'eau, Eleanor s'installa sur la terrasse dans un fauteuil en rotin. Pour essayer de chasser ses idées noires, elle entreprit de lire un roman. Mais les mots dansaient devant ses yeux, ils ne voulaient rien dire. Soudain, à sa grande surprise, Evangelie introduisit Sofia sur la terrasse.

— Surtout ne vous dérangez pas, Eleanor !

Et Sofia s'assit sans façon dans le fauteuil voisin du sien.

Elle s'était changée depuis la mi-journée : elle avait troqué son tailleur rouge contre un pantalon blanc moulant et une blouse en soie imprimée « léopard ».

— Yan est retenu à l'hôtel, expliqua-t-elle. Il y a des problèmes, à cause d'un manque d'effectifs. Mais je voulais passer vous dire un petit bonjour, nous nous sommes à peines vues ce matin. Eh bien, vous nous en avez fait une surprise !

Sofia s'exprimait d'une voix un peu voilée, avec un accent assez prononcé, mais dans un anglais parfait. Le ton était poli, mais Eleanor y décela de la condescendance. En outre, il était clair que son short blanc et son chemisier bleu marine lui paraissaient affreusement dépourvus de goût.

Eleanor qui n'avait déjà pas le moral ressentit plus d'abattement encore en présence de la superbe Sofia

Theopolou. Quel homme aurait résisté à pareille créature de rêve ? Pourtant, Yan ne l'avait pas épousée, et pour Eleanor le mystère demeurait entier.

Evangelie revint avec un plateau et servit du thé et des petits gâteaux.

— Vous dites que je vous ai fait une surprise, déclara Eleanor après avoir bu une gorgée de thé. Comment cela ?

— A cause de la lettre que vous avez écrite à Yan, bien sûr. En l'informant qu'il avait un fils, alors que vous aviez laissé un petit mot où vous annonciez à tout le monde que vous n'étiez pas enceinte !

En tout cas, elle ne s'embarrassait pas de préambule ! songea Eleanor. *« Tout le monde » ?* Oui, certainement. Bien qu'elle ait écrit à Yan et à personne d'autre. Mais dans le clan Diamakis, personne n'avait de secret pour personne...

— Pourquoi cette lettre ? reprit Sofia à mi-voix.

— Mes raisons ne regardent que Yan et moi, répliqua sèchement Eleanor.

Elle tourna la tête en entendant les rires des enfants sur la plage. Christophor s'en donnait à cœur joie avec ses nouveaux amis.

— Quel beau petit garçon ! remarqua Sofia qui avait suivi son regard. Il adore Yan. C'est fou ce qu'ils se ressemblent, n'est-ce pas ?

— Oui, ils se ressemblent beaucoup, acquiesça Eleanor. Vous aimez les enfants, Sofia ?

— Oh, je les adore !

Elle remit en place une boucle qui lui retombait sur le front. Eleanor remarqua les bagues en or qui brillaient à tous ses doigts. De l'or, elle en avait aussi autour du cou, aux poignets et aux oreilles. De ce point de vue-là non plus, Sofia Theopolou n'avait pas changé : elle aimait toujours autant se couvrir de bijoux.

— J'espère bien en avoir à moi, très bientôt, ajouta-t-elle avec un large sourire. Yan et moi nous en avons souvent parlé...

A ces mots, Eleanor frissonna légèrement.

— Vous savez, je trouve lamentable que vous vous jetiez une fois encore à la tête de Yan, poursuivit Sofia qui semblait prendre un malin plaisir à remuer le couteau dans la plaie. Qui plus est, en vous servant de Christophor...

Il fallut énormément de courage à Eleanor pour garder son sang-froid.

— Ecoutez, Sofia, vous pouvez épouser Yan demain et avoir autant d'enfants que vous souhaitez, je m'en moque éperdument ! Moi, je voulais juste que Christophor connaisse son père et sache qu'il en était aimé !

— Evidemment que Yan l'aime ! Quel Grec, dites-moi, n'est pas en adoration devant son fils ? Pourquoi l'a-t-il ramené à Skiathos, selon vous ? Parce qu'il s'inquiétait de le savoir avec vous en Angleterre, il s'inquiétait pour son bien-être ! Finalement, ce n'est pas plus mal que vous vous intéressiez plus à votre indépendance et à votre carrière qu'à l'enfant de Yan ! Ainsi, quand vous rentrerez sans lui en Angleterre, il ne vous manquera pas trop !

Un bruit de porcelaine volant en éclats fit sursauter Eleanor, qui mit quelques secondes à s'apercevoir que sa tasse venait de lui échapper des mains. Fixant d'un œil horrifié le carrelage jonché de débris, elle chuchota à l'intention de Sofia :

— Retourner chez moi sans *mon* fils ? Vous n'y pensez pas !

— Vous croyez que Yan le laisserait partir avec *vous* ?

— Je crois surtout que vous ne devriez pas vous mêler de ce qui ne vous regarde pas, Sofia !

— Si vous imaginez que Yan va vous épouser, vous vous trompez grossièrement ! rétorqua Sofia d'un air méprisant. En Grèce, le mariage est bien différent de ce qu'il est chez vous ! Ici, à Skiathos, les femmes sont faites pour tenir la maison, mettre des enfants au monde et les élever. Elles n'ont même pas le droit de sortir en ville sans leur mari, à moins d'être chaperonnées par un autre membre de la famille ! Vous ne supporteriez pas cela cinq minutes, vous, si vous étiez mariée à Yan...

— Est-ce pour cette raison que vous ne l'avez pas encore épousé ?

Comme Eleanor se levait, folle de rage, Evangelie parut sur la terrasse. Voyant les débris de porcelaine, elle commença à les ramasser, mais Eleanor l'arrêta aussitôt.

— Non, laissez, Evangelie, je vais le faire...

Puis elle se tourna vers Sofia.

— Il vaut mieux que vous partiez, je crois.

— Oui, je m'en vais.

Sofia la toisa d'un air dédaigneux avant de tourner les talons.

— Mais réfléchissez bien à ce que je vous ai dit, Eleanor.

C'était l'heure pour Christophor d'une petite collation, qu'Evangelie se déclara ravie de préparer. Eleanor vit que son enfant était très heureux, attablé dans la cuisine avec ses petits camarades de jeu, sous la surveillance pleine de tendresse de la domestique, et elle se retira.

Sa tension était telle après les propos venimeux de Sofia qu'elle aurait dû essayer de se détendre. Aller nager, s'allonger un moment au frais, s'efforcer de réfléchir posément, voilà ce qu'elle aurait dû faire, Eleanor en avait conscience. Pourtant, il n'existait pour elle qu'une urgence absolue en cet instant : courir à l'hôtel, débusquer Yan et lui arracher la vérité sur ses intentions !

En nage, au bord de la crise de nerfs, elle l'apostropha dès qu'il parut sur la terrasse de l'hôtel.

— Yan, il faut que je te parle... !

— Je t'écoute.

Un sourire amusé flottait sur ses lèvres. Il paraissait si calme que, soudain, Eleanor se trouva un peu bête. Elle ne devait pas être très belle à voir, hors d'haleine, le visage en feu, les cheveux en bataille...

— Qu'y a-t-il, Eleanor ? demanda-t-il en lui posant les mains sur les épaules. Que s'est-il passé ? Je t'avais recommandé de te détendre. Tu n'es tout de même pas allée faire du jogging par cette chaleur... ?

— Non... je... Sofia est passée à la villa...

— Sofia ? C'est elle qui t'a suggéré un jogging, peut-être ? s'enquit Yan, pince-sans-rire.

— Non ! Elle m'a dit... certaines choses dont... dont il faut que je te parle...

— Viens...

Quelques instants plus tard, Eleanor se retrouvait dans l'appartement du dernier étage de l'hôtel et, une fois la porte refermée, les souvenirs l'assaillirent. Il ne manquait plus que cela pour ajouter à sa souffrance...

Le mobilier et la décoration avaient changé, mais la vue était la même, sublime, sur la baie bordée de pinèdes avec la mer à l'infini. Eleanor se laissa tomber sur un canapé et enfouit son visage dans ses mains.

— Eleanor...

Yan s'agenouilla devant elle. Il était grave, à présent.

— Va prendre une douche, Eleanor, ça te fera du bien. Pendant ce temps-là, je prépare du café.

— Je ne veux pas prendre de douche, je veux te parler...

— Tu préfères avoir un malaise dû à un coup de chaleur ?

Eleanor capitula, à bout de forces, et elle se laissa conduire dans la grande salle de bains lambrissée d'acajou où elle s'enferma à clé. Elle demeura adossée à la porte un moment, les yeux clos. Yan avait raison, elle était au bord du malaise. Pas seulement à cause de sa course effrénée en pleine chaleur. Non, ce qu'elle venait de vivre ces dernières quarante-huit heures y était pour beaucoup. Et le coup de grâce, Sofia le lui avait assené avec ses terrifiantes prédictions...

La douche la revigora, en effet. Et, son énergie recouvrée, Eleanor se campa devant le miroir qui occupait tout un mur de la salle de bains. Il lui semblait voir une étrangère. Et elle se demanda ce que Yan avait bien pu lui trouver, quatre ans plus tôt. Pourquoi ce déchaînement de passion ? Elle se jugeait plutôt ordinaire. Certes, elle était bien faite, elle avait une silhouette élancée, la taille fine, les jambes fuselées, mais elle n'était certainement pas sexy, contrairement à Sofia qui avait un physique de déesse. Ses cheveux étaient beaux, mais d'une tonalité châtaine qui n'avait rien d'exceptionnel. Quant à son visage, il lui plaisait assez, mais elle trouvait son nez trop retroussé et ses pommettes trop hautes. Seuls ses grands yeux de la couleur du jade, frangés de longs cils noirs, lui donnaient un charme particulier, à son sens, parce qu'ils étaient très lumineux.

Se détournant brusquement, Eleanor se coiffa et se rhabilla, puis, ses sandales à la main, elle sortit de la salle de bains.

Elle trouva Yan dans la cuisine en train de préparer du café. Il l'observa attentivement.

— Tu as meilleure mine, dit-il.

— Oui, je me sens beaucoup mieux, merci...

L'instant d'après, ils s'installèrent dans le salon face à la mer. Eleanor s'assit au bord d'un grand canapé et Yan servit le café.

— Du lait, mais pas de sucre, si je me souviens bien, n'est-ce pas?

— Oui. Quelle mémoire!

— Je me rappelle une foule d'autres choses à ton sujet. Tu serais étonnée..., déclara-t-il en venant s'asseoir près d'elle.

Eleanor baissa les yeux et but une gorgée de café.

— Je ne suis pas venue faire un retour nostalgique sur le passé, Yan. Mais t'entretenir de ma conversation avec Sofia tout à l'heure... Ses propos m'ont mise en colère et... ils m'ont terrifiée aussi...

— Que t'a-t elle dit?

— Je dois savoir la vérité, Yan! Quand tu déclares vouloir m'épouser, c'est, une fois encore, pour sauver l'honneur...

— Eleanor...

Elle soutint son regard sévère et se hâta de continuer :

— Laisse-moi finir, s'il te plaît! Je t'ai dit que je ne pouvais pas t'épouser. Alors, maintenant je veux savoir où j'en suis, Yan! Tu n'as pas l'intention de garder Christophor ici, en Grèce? Tu ne vas pas essayer de me l'enlever, n'est-ce pas?

Yan ne répondit pas tout de suite. Il la scrutait de ses yeux noirs qui ne révélaient rien.

— C'est cela que t'a dit Sofia et qui t'a tellement bouleversée ? Elle a affirmé que je te prendrais Christophor ? demanda-t-il enfin.

— En substance, oui...

— Et ensuite, que ferais-je ? ironisa-t-il d'une voix dangereusement sourde. Ah, si, je sais... J'épouserais Sofia, bien sûr ! Et je chercherais un moyen de me débarrasser de toi. Comment ? En te faisant expulser ? En soudoyant les autorités grecques pour qu'elles te refusent de revenir dans ce pays ? Je pourrais même t'expédier en prison en te faisant passer pour une terroriste internationale ?

— Ce n'est pas en plaisantant que nous ferons progresser cette discussion...

Yan se rapprocha brusquement et la prit dans ses bras, sans qu'elle ait pu prévoir son geste. Il y avait dans ses yeux un étrange mélange de gaieté et de colère contenue.

— Rien n'empêcherait le monstre que je suis d'arriver à ses fins, c'est cela ? mumura-t-il.

— Yan...

Il étouffa ses protestations sous ses lèvres. Un baiser de feu auquel Eleanor échappa une seconde, le temps de protester plus fort.

— Yan, je t'en prie...

Mais sa bouche fut de nouveau prisonnière, et cette fois, la jeune femme eut beau se débattre, rien n'y fit. Son corps la trahissait. Ce n'était pas croyable ! En dépit des circonstances, elle s'enflammait...

— Eleanor... ne me repousse pas ! ordonna Yan d'une voix rauque contre ses lèvres.

Un frisson de plaisir la parcourut quand les mains de son compagnon se mirent à explorer son corsage.

— Non, Yan, pas cela... !

Ce fut un pauvre cri sans conviction que Yan n'entendit même pas. A présent, au lieu de résister, de se défendre, elle restait soudée à Yan, sans force, sans volonté, mais tout son corps tremblait de désir. Lorsqu'il la déshabilla et quitta ses lèvres pour lui embrasser la gorge et les seins, elle poussa un gémissement. Moins de protestation que de pure volupté. Les sensations d'autrefois revenaient en force, plus intenses, plus exquises encore...

— Oh, Yan... ! chuchota-t-elle comme dans un sanglot en glissant une main dans ses cheveux.

— Tu te rappelles la toute première fois, Eleanor?

Elle n'avait plus rien sur elle maintenant, et l'exploration de Yan devenait de plus en plus intime.

— Tu te rappelles, Eleanor? Quelle faim nous avions l'un de l'autre! Jamais je n'avais désiré une femme comme je te désirais, Eleanor... et cela n'a pas changé, *agapiti mou...*

Etouffant un cri sourd, il la renversa sur le canapé et intensifia ses caresses.

— Yan..., supplia Eleanor tout bas.

Ils allaient trop loin, elle devait arrêter avant qu'il ne soit trop tard! Yan était nu aussi maintenant, et revoir ce corps qu'elle avait tant aimé exacerbait son désir.

Sourd à ses prières, il poursuivit son parcours érotique, de la bouche et des mains, dans les zones les plus sensibles et les plus secrètes de son corps.

— Yan... je t'en prie...

Mais il était trop tard! Une vague de volupté l'emportait sous les doigts trop habiles de Yan. Et elle ne pouvait lui cacher ce plaisir qu'il lui donnait et qui la secouait de spasmes délicieux.

— Je te déteste de me faire cela..., lui chuchota-t-elle à l'oreille en le prenant par le cou. Et je me déteste de réagir ainsi, Yan... mais si tu ne me fais pas l'amour tout de suite, je vais en mourir... !

Il y eut un silence lourd de tension, une longue pause, comme ces accalmies avant l'orage. Eleanor attendait, frémissante, lovée contre Yan, cambrée sous la poussée de son désir. Et puis, contre toute attente, il s'écarta d'elle, glissa sur le côté et s'assit un instant au bord du canapé, la tête dans les mains.

— Oh, mon Dieu, Eleanor... !

Et, se levant brusquement, il fonça vers la salle de bains. Désarçonnée, humiliée aussi, Eleanor entendit la douche au loin, comme dans un rêve étrange. Un cauchemar, plutôt...

Quelques instants plus tard, Yan revint en peignoir-éponge bleu marine. Malgré tout, Eleanor avait trouvé la force de se rhabiller. Assise au bord du canapé, elle le fixait sans rien dire.

— Ne me regarde pas de cette façon ! bougonna-t-il. C'est pendant des moments pareils que je regrette d'avoir cessé de fumer...

— Tu as voulu te venger, n'est-ce pas ?

— Non, Eleanor.

Il se laissa tomber dans un fauteuil.

— Alors pourquoi m'as-tu fait cela ? insista Eleanor.

Tant d'émotions se bousculaient en elle, elle ne savait plus où elle en était ! Dire qu'il l'avait amenée à le supplier, à lui avouer son désir... Jamais elle ne s'était sentie aussi mortifiée ! Ce qu'il venait de lui faire était monstrueux. Yan Diamakis *était* un monstre !

Non, pas entièrement, constata-t-elle aussitôt en décelant une inflexion émue dans sa voix :

— Pour comprendre ce qui s'est passé il y a quatre ans, Eleanor...

— Moi, j'ai parfaitement compris ! Tu étais fiancé à Sofia. Tu m'as rencontrée, tu as décelé une proie facile, et tu as eu envie de t'offrir une petite aventure d'été... la dernière avant de te passer la corde au cou, peut-être ? Une aventure qui s'achèverait à la fin de la saison touristique, lorsque je repartirais pour l'Angleterre...

— Eleanor...

Yan voulut l'interrompre, mais elle poursuivit avec la même obstination :

— Puis Laura t'a dit que j'étais enceinte. Alors le Grec s'est senti une âme de père et... ton sens de l'honneur est venu à la rescousse ! Tu as alors décidé de transformer une amourette de rien du tout qui n'avait duré qu'un été en un engagement pour la vie, uniquement parce que je portais *ton* enfant !

— Une amourette de *rien du tout* ? répéta Yan avec un peu d'amertume dans la voix et de la colère dans les yeux. C'est ainsi que tu qualifies ce que nous avons vécu cet été-là ?

— Non, je... je ne vivais que pour toi alors... Mais...

— Tu étais romantique, moi réaliste. Tu voyais la vie à travers des lunettes roses, pour toi c'était un conte de fées et tu attendais que ça se termine bien. Or la vie n'est pas toujours comme cela, Eleanor. Mais ce qui compte, c'est de ne pas laisser passer sa chance...

Tout en écoutant Yan, Eleanor pensait à ses parents qui n'avaient pas su la saisir, cette chance. Elle avait eu mal à la mort de sa mère, et elle avait reçu un choc en découvrant des lettres. Celles de son père dont on lui avait dit qu'il était mort bien des années auparavant...

Mais avec Yan... Si seulement leur histoire s'était bien terminée, comme dans les contes de fées ! Car leur histoire aurait mérité de s'achever sur une note de bonheur. Si seulement son amour passionné pour Yan avait été payé de retour !

— Ma fin heureuse, c'est Christophor, dit-elle enfin avec un petit rire étouffé. Malgré tout le mal que nous avons pu nous faire, toi et moi, Christophor m'a apporté la plus grande joie de mon existence.

Juste ce qu'il ne fallait pas dire, constata-t-elle en voyant Yan se rembrunir.

— Tu n'en es que plus impardonnable de m'avoir privé de lui ! Tu n'es pas d'accord ?

— Je n'avais que ce moyen-là à l'époque de quitter la Grèce, et de partir loin de toi...

— Et aujourd'hui, tu as le front de me supplier de ne pas te séparer de Christophor ? Après ce que tu as fait, *toi* ?

La violence de ces propos l'alarma, et elle pâlit.

— C'est vrai alors, ce que m'a dit Sofia ? chuchota-t-elle en se levant, les jambes en coton. Tu vas essayer de m'enlever mon enfant ?

Dans le bref silence qui suivit, ils se mesurèrent du regard.

— Reste en Grèce, Eleanor, déclara Yan. Choisis la dignité et l'honneur. Epouse-moi ! Et ainsi tu n'auras plus à t'inquiéter au sujet de Christophor, n'est-ce pas ?

# 5.

Le lendemain, se sentant menacée, Eleanor se comporta en véritable mère poule avec Christophor. Assise à l'ombre de la falaise, au bord de l'eau, elle ne quittait pas des yeux son fils, en train de jouer au marin à bord du petit canot pneumatique, que lui avait prêté le neveu d'Evangelie. L'embarcation solidement amarrée à son poignet, la jeune femme sourit et répondit au signe de Christophor, qui agitait la main dans sa direction.

Elle n'avait pas revu Yan depuis la scène de la veille dans son appartement. Sans doute avait-il passé la nuit là-bas, car il n'avait pas paru à la table du petit déjeuner. Sofia lui avait probablement tenu compagnie...

Soudain, Eleanor ressentit cruellement sa solitude. Elle aurait bien aimé avoir quelqu'un à qui parler, à qui confier ses incertitudes et ce flot d'émotions qu'elle avait du mal à définir.

Elle aurait dû passer un coup de fil à Geoffrey, elle le savait bien. Il se demandait sûrement ce qui se passait. A plusieurs reprises, elle avait décroché le téléphone, mais chaque fois, sans trop savoir pourquoi, elle avait renoncé à composer son numéro.

Pourtant Geoffrey était un homme solide, bon et généreux, et elle pouvait compter sur lui. Si seulement elle avait rencontré cet homme digne de confiance avant son premier voyage en Grèce ! Oh, bien sûr, elle n'aurait pas connu avec lui la passion dévorante qu'elle avait vécue avec Yan. Mais elle n'aurait pas subi cet échec cuisant, non plus. D'ailleurs, la passion n'était pas un terme qui s'appliquait à Geoffrey Terence-Evans. Il avait les deux pieds sur terre, c'était un être raisonnable — un peu trop même, parfois...

Pourquoi ne l'appelait-elle donc pas, cet homme plein de bon sens, pour lui demander conseil ? Eleanor dut bien admettre qu'elle ne connaissait pas la réponse à cette lancinante question. A moins que... Peut-être le charme de ce tyran de Yan Diamakis opérait-il de nouveau — deux jours seulement après son retour en Grèce... ?

Et les souvenirs qu'elle avait essayé d'enfouir au plus profond de sa mémoire refaisaient surface avec une douloureuse obstination. Cela s'était passé quatre ans plus tôt, et cependant, elle avait l'impression que cela datait d'hier...

Une nuit dans les bras de Yan, et sa vie avait basculé ! La jeune Anglaise indépendante s'était en quelques heures transformée en une femme amoureuse dont la seule raison de vivre s'appelait Yan Diamakis. Yan qui lui chuchotait d'une voix que le désir rendait soudain plus rauque :

— Oh, ma belle, ma douce Eleanor, tu me fais perdre la tête...

Emportés par une passion qui les dépassait, ils avaient effectivement perdu la tête, tous les deux. Et Christophor avait été conçu cette nuit-là — la première. Ensuite, quand il s'était rendu compte que c'était la première fois pour Eleanor, Yan s'était montré toujours aussi passionné, mais aussi très vigilant. Seulement, une seule fois avait suffi et, sans le savoir, Eleanor attendait un bébé...

Elle était folle d'amour à ce moment-là. Et folle tout court, se reprochait-elle à présent. Tellement crédule, aussi ! Comment avait-elle pu se montrer aussi naïve ? Et pourquoi, au plus fort de leurs ébats passionnés, avait-elle crié à Yan qu'elle l'aimait ?

Et puis, l'été s'était déroulé comme dans un rêve d'amour. Ils faisaient du ski nautique, dînaient aux chandelles le soir dans les tavernes, dansaient sous les étoiles et s'aimaient au clair de lune. Oui, un vrai rêve d'amour, jusqu'au jour où...

Yan se trouvait à Athènes pour ses affaires, et la famille de Sofia en profita pour mettre certaines choses au point.

Enfin, songea tristement Eleanor en allant rejoindre son petit garçon, Christophor avait été conçu dans l'amour, la gaieté, la tendresse et un fol appétit de vivre. A présent, la situation risquait de se dégrader, et elle redoutait qu'il ne se trouve exposé aux tensions et aux remous émotionnels...

— Alors, moussaillon ? le taquina-t-elle tendrement en arrivant près du canot. Il y a une petite place pour maman dans ton bateau ?

Christophor inspecta sérieusement l'espace qu'il occupait à lui tout seul et secoua la tête.

— Alors, tant pis, je vais t'accompagner à la nage ! dit Eleanor en riant.

— Mais à bord de mon bateau à moi, il y a de la place pour nous trois !

Yan avait plongé derrière elle, et il la saisit par la

taille. Eleanor se redressa brusquement. Il en profita pour l'enlacer, et elle sentit un frisson la parcourir.

— Papa! s'exclama Christophor avec un large sourire de bonheur.

— Va chercher des tenues de rechange, Eleanor, nous partons en croisière pour la journée!

Et Yan plongea de nouveau pour reparaître de l'autre côté du canot.

— C'est une invitation ou un ordre? demanda Eleanor.

Yan se mit à rire tout en poussant le canot vers le sable.

— Pardon, dit-il, nullement contrit. Essayons de passer un moment agréable avec notre fils, tu veux bien?

Cette fois, elle acquiesça et gagna la villa sans un mot.

Le bateau de Yan suivait lentement le littoral sur une mer d'huile. Christophor était aux anges. Son père lui avait mis un gilet de sauvetage et l'avait attaché par la ceinture à un filin de sécurité, de sorte que l'enfant pouvait escalader sans danger les banquettes du poste de pilotage. Yan lui parlait, le laissait manœuvrer la barre, et répondait le plus sérieusement du monde à toutes ses questions. Et Dieu sait si Christophor, très curieux de nature, avait des questions à lui poser sur le fonctionnement du bateau, sur les boutons, les manettes, et autres cadrans! Un vrai père, tel était Yan, dut bien admettre Eleanor qui les observait derrière ses lunettes noires, assise sur un coin de banquette. Il adorait la compagnie de son fils, Eleanor le voyait bien. Il témoignait à Christophor une tendresse et une chaleur qui ne trompaient pas son œil de mère.

Et tout à coup, une image de Geoffrey lui revint à la mémoire. Geoffrey qui supportait tant bien que mal Christophor et poussait un soupir de soulagement quand Eleanor le mettait au lit. Quel contraste avec l'entente joyeuse qui régnait à présent entre le père et le fils ! Elle en fut ébranlée.

— Je te trouve bien silencieuse aujourd'hui, fit remarquer Yan en lui jetant un regard oblique.

— Après ce qui s'est passé, je n'ai pas très envie de faire la conversation.

— Tu voudrais que je te présente des excuses ? Pour ce qui s'est passé ? Ou... pour ce qui ne s'est pas passé ?

— Tu te crois malin, n'est-ce pas ? Tu es fier d'avoir fait ton grand numéro pour te prouver Dieu sait quoi ?

— Toi, en tout cas, cela t'a prouvé quelque chose, non ?

— Oui ! Et tu sais quoi ? Qu'il y a une énorme différence entre l'amour et le désir ! riposta Eleanor avec colère.

— La réalité t'aurait-elle rattrapée, belle romantique ?

— Oh, oui ! La réalité ne m'a jamais semblé si... réelle, admit-elle en évitant son regard.

— Tu vas donc t'opposer à moi jusqu'au bout ?

Jusqu'à ce qu'un petit enfant se retrouve déchiré entre deux adultes déterminés à se battre ? s'interrogea Eleanor, le cœur étreint par une sourde angoisse.

— Quoi que tu puisses penser, je ne cherche pas la guerre, Yan, dit-elle d'une voix qui tremblait un peu. En t'écrivant, j'espérais que nous discuterions posément de la meilleure façon pour toi de participer à l'éducation de Christophor...

— Ah, je vois... Autrement dit, fournir une aide financière, c'est cela?

— Tu n'y es pas du tout! riposta Eleanor en contenant sa colère. J'ai les moyens de l'élever, je gagne très bien ma vie!

— Et... Geoffrey? Je suppose qu'il a, lui aussi, les moyens?

— Oui, il est très à l'aise, lui aussi. Mais arrête avec Geoffrey, je te prie!

Yan parut surpris par une telle véhémence.

— Comme tu voudras.

— Parlons plutôt de Sofia, suggéra Eleanor en s'armant de courage. Je m'étonne que vous ne soyez pas encore mariés.

Il ne répondit pas tout de suite. Le bateau longeait la superbe plage de Koukounariès, à la pointe de l'île. Trop absorbée par ses pensées, Eleanor n'y prêta pas attention.

— Voilà une remarque qui prouve bien que tu n'as jamais rien compris à ce qu'il y avait entre nous, Eleanor, répliqua enfin Yan. Rien du tout!

— Pourquoi es-tu toujours aussi évasif? Et comment peux-tu prétendre que tu n'étais pas amoureux d'elle? L'été où tu m'as connue, Sofia était en vacances avec ses parents en Italie, vous deviez vous marier à l'automne. Seulement, tu ne me l'as pas dit, de peur de compromettre tes chances d'une petite aventure avant son retour! Et n'essaie pas de nier, car c'est la vérité...

— Il y a bien longtemps que j'ai perdu tout espoir de te convaincre de ma bonne foi! Voici que resurgit ta légende préférée, pas vrai? Daphné n'a jamais voulu croire à l'amour d'Apollon, personne n'a pu la persuader qu'elle n'avait rien à craindre de lui. Elle a préféré, pour lui échapper, être métamorphosée en laurier.

Eleanor ne put s'empêcher de sourire. Elle n'avait jamais été capable de garder son sérieux quand Yan faisait assaut d'humour.

— Sauf que moi, je n'incarne pas Daphné, tu l'as dit toi-même ! répliqua-t-elle. Car si j'avais joué le rôle, j'aurais pris le premier bateau en partance, cet été-là, et je serais rentrée chez moi !

— Et au lieu de cela, tu as prétendu avoir perdu notre bébé, puis tu es partie te cacher pendant quatre ans !

Son visage et sa voix exprimaient tant de peine, tout à coup, qu'Eleanor en fut attristée. Et leurs chamailleries lui parurent soudain d'une affligeante mesquinerie.

— Oh, Yan... je suis désolée. . !

— *Désolée ?* répéta-t-il avec un pli cynique au coin des lèvres. Voilà un mot que je ne pensais pas t'entendre prononcer un jour, Eleanor !

— Pour quelle charmante personne tu me fais passer ! chuchota-t-elle d'une voix mal assurée.

A cet instant, Christophor se hissa sur la banquette près d'elle et sauta sur ses genoux. Eleanor redoubla d'efforts, alors, pour garder son calme.

— Pourtant je suis désolée, je t'assure, Yan... désolée que tu n'aies pas profité des trois premières années de Christophor. Mais à l'époque, je ne croyais vraiment pas que cela te ferait de la peine... L'instinct de conservation, voilà ce que c'était pour moi, j'en ai bien peur...

— Et c'est moi qui l'avais déclenché, cet instinct de conservation ? Eh bien, pour quelle « charmante personne » je passe, moi aussi !

Christophor venait d'ôter son bob blanc et il le posa sur la tête d'Eleanor, et le résultat le fit rire aux éclats.

Yan regardait Eleanor sourire au petit garçon blotti dans ses bras, et une lueur s'alluma dans ses yeux sombres.

— Faisons la trêve, tu veux bien, Eleanor? Pour notre fils. Ou pour te voir sourire de nouveau. Tu sais que tu as d'adorables fossettes quand tu ris, Eleanor?

— Vraiment?

Il avait dit cela avec une telle douceur qu'elle en fut toute retournée. Mais aussitôt, la voix de la raison lui imposa la plus élémentaire prudence. Pourtant la trêve était la bienvenue, Eleanor se sentait déjà moins crispée.

— Où allons-nous? demanda-t-elle très vite pour dissimuler son trouble.

— Nulle part en particulier. Où aimerais-tu aller?

Le regard qu'il posait en cet instant sur elle lui rappela les événements de la veille, quand il l'avait caressée, puis repoussée. L'humiliation qu'elle avait ressentie alors revint la tourmenter.

— Oh, je n'en sais rien, répondit-elle avec une certaine raideur. N'importe où.

Une fois de plus, elle ne savait plus où elle en était avec lui.

Au retour, Yan confia Christophor à Evangelie, et proposa à Eleanor d'aller faire du ski nautique. Comment refuser, maintenant que l'atmosphère s'était considérablement détendue entre eux?

Au bout de deux heures passées sur l'eau, dans la

lumière dorée de cette fin d'après-midi, Eleanor se sentit revivre.

— Oh, j'avais oublié à quel point c'était bon ! s'exclama-t-elle.

Hors d'haleine, elle se laissa tomber en riant sur un lit de plage près de Yan.

— Chez moi, tu sais, le sport se limite à la piscine couverte. Et je vais au gymnase quand j'en ai le temps...

— En tout cas, tu tiens une forme superbe, Eleanor.

— *Efkharisto*, murmura Eleanor, surprise par le compliment. Mais demain, je vais avoir de ces courbatures... En deux heures, j'ai utilisé des muscles dont j'avais pratiquement oublié l'existence !

— Pourtant, tu habites sur la côte, tu pourrais faire du ski nautique, non ?

— Oh, ça m'arrive, mais rarement, je l'avoue. Skier sur la mer du Nord, par vent d'est et sous la pluie, tu sais..., plaisanta-t-elle en feignant de grelotter. Moi, je préfère le beau temps !

— Encore une bonne raison de rester en Grèce.

Eleanor jugea plus avisé de ne pas relever cette remarque. Il y eut un court silence, puis, tournant la tête vers Yan, Eleanor remarqua qu'il avait changé d'expression. Il paraissait pensif, à présent.

— Quelque chose te préoccupe ? demanda-t-elle.

— Les affaires, une fois de plus, répondit-il laconiquement.

— Ici, à l'hôtel ?

Yan hocha la tête.

— Il faut que je me rende à Athènes demain, j'ai une réunion importante, annonça-t-il. Malheureusement, les employés de l'hôtel tombent tous malades en ce moment. Un mystérieux virus rôde, paraît-il, d'après le médecin.

Eleanor le fixa avec surprise. Il était débordé, et pourtant, il leur consacrait beaucoup de temps, à elle et à Christophor. Elle en fut très touchée. Flattée, aussi. Qui aurait pensé que Yan Diamakis sacrifierait ses affaires à sa vie privée ?

— Et bien sûr, tu t'inquiètes pour le bon fonctionnement de l'hôtel, dit-elle avec compassion.

— Exactement. D'autant que deux groupes de touristes arrivent demain. Un car d'Anglais, un autre d'Allemands. Or mon directeur et deux réceptionnistes trilingues sont au fond de leur lit...

— Je peux donner un coup de main, si tu veux.

Quelle mouche l'avait piquée pour faire une telle offre ? Eleanor n'aurait su répondre. Yan la dévisagea, aussi surpris qu'elle.

— Toi ?

— Mais oui, pourquoi pas ? répliqua-t-elle posément. Organiser l'arrivée des groupes, c'était mon travail ici, à Skiathos, rappelle-toi. De plus, maintenant, je suis rompue à toutes les disciplines hôtelières, crois-moi ! En outre, je parle allemand couramment...

Il réfléchit un moment. Un trop long moment, au goût d'Eleanor. C'en était presque vexant ! Pour finir, il inclina la tête en esquissant un sourire.

— D'accord. Merci, Eleanor. L'expérience te sera profitable, j'en suis sûr, en prévision du jour où tu seras ma femme.

D'abord désarçonnée, Eleanor s'exhorta au calme. Mieux valait en rire, décida-t-elle.

— J'en doute, Yan, répondit-elle d'un ton léger. Elles sont rares, les épouses qui travaillent dans ton pays, n'est-ce pas? Quant aux mariages dits *de raison*, ils n'existent plus depuis bien longtemps!

Elle avait beau rire, un flot d'émotions contradictoires lui faisait perdre pied. Pour l'heure, Yan était trop superbement viril, vêtu seulement d'un short de bain noir. Et il était trop près aussi, mollement étendu dans une chaise longue à l'observer entre ses yeux mi-clos! De plus, le silence qui s'était installé entre eux lui laissait pressentir comme un danger imminent...

— Quand tu parles de mariage de raison, tu penses à un mariage platonique? demanda-t-il avec une ironie mordante. Une union sans caresses, sans câlins, sans étreintes torrides?

Il la provoquait délibérément, et elle avait de plus en plus de mal à rester calme.

— Si c'est à cela que tu penses, permets-moi de te dire que ton ardeur d'hier me laisse songeur, Eleanor...

— Et apparemment, elle t'a laissé de marbre!

— Tu crois?

Avec quelle fièvre soudaine il promena son regard sur la silhouette élancée de sa compagne, moulée dans un maillot de bain en lycra turquoise. Eleanor sentit que son corps la trahissait sous cette caresse qui l'embrasait.

— Que pouvais-je penser d'autre? lança-t-elle. Que tu me trouvais follement irrésistible?

Il se mit à rire, et elle lui en voulut de trouver la situation amusante. Et puis, elle avait encore cette impression de flotter entre deux incertitudes. Il était temps de parler d'autre chose. Mais à cet instant, Yan s'approcha, et, avant qu'elle n'ait eu le temps de se dérober, il la prit dans ses bras et posa ses lèvres sur les siennes.

Ce fut un baiser très explicite que Yan accompagna de caresses appuyées sur ses épaules et ses seins. Il la serra contre lui, releva la tête et chuchota :

— Pas de mariage de raison entre nous, Eleanor! Ote-toi cette idée de la tête une bonne fois pour toutes! Tu seras ma femme au sens complet du terme.

Eleanor le regardait fixement. Comment le croire? Comment risquer de franchir le pas, après le désastre du passé? Elle avait peur. Car elle ne le comprenait pas. Pas plus qu'elle ne comprenait son attitude de la veille. Pourtant, l'évidence de son désir n'avait laissé plané aucun doute. Et en ce moment même, elle sentait bien qu'il avait encore envie d'elle. Autant qu'elle de lui, et cela aussi l'effrayait.

— Je ne pourrais pas..., commença-t-elle, sans trop savoir où elle allait.

Yan parlait mariage, un mariage réel, consommé, seulement il ne parlait jamais d'*amour*. Pas plus aujourd'hui qu'autrefois. Alors, comment pouvait-elle se risquer à envisager l'avenir, le sien et celui de Christophor, avec un homme qui avait un tel pouvoir sur elle, mais qui ne l'aimait pas? Alors qu'elle, elle l'aimait toujours...

Pétrifiée par l'aveu qu'elle venait de se faire, Eleanor baissa les yeux.

— Tu ne pourrais pas quoi? demanda doucement Yan.

— Je... Non, ça ne marcherait pas, et tu le sais, acheva-t-elle enfin. Et d'ailleurs, nous parlions de tout autre chose avant cela. Il était question des problèmes que tu rencontres avec ton personnel, à l'hôtel, et tu étais d'accord pour que je te donne un coup de main... Tu le veux toujours?

— Oui, Eleanor.

Il se leva, la soulevant avec lui, et il la prit par les épaules.

— C'est peut-être une erreur de jugement, mais enfin... oui, j'accepte ton offre, dit-il, gentiment moqueur.

Le baiser qu'il posa alors sur ses lèvres semblait sceller son triomphe d'homme.

Du reste, quand ils remontèrent en direction de l'hôtel, côte à côte, Eleanor eut l'impression qu'un autre pacte avait été scellé. Sans pour autant pouvoir le définir...

# 6.

— Je te trouve bizarre, Eleanor.

La jeune femme laissa échapper un léger soupir. Claire, précise, la voix de Geoffrey lui parvenait comme s'il était dans la pièce à côté et non à des milliers de kilomètres. Eleanor revit mentalement son image : il était grand, blond, doté d'un physique agréable et de nombreuses qualités. Une image qui semblait pourtant terne, dut bien reconnaître Eleanor avec agacement, comparée à la personnalité si forte de Yan Diamakis.

— Excuse-moi, Geoffrey, mais tu m'appelles à l'hôtel, et c'est très difficile de te parler...

Eleanor se trouvait dans le vaste bureau de Yan situé au rez-de-chaussée de l'hôtel, derrière la réception.

— Ta tante Meg m'a donné deux numéros, insista Geoffrey, qui commençait à perdre patience. J'ai appelé le premier, et une domestique m'a dit que je te trouverais à celui-ci ! Cette communication va me coûter une fortune !

— Oui, sûrement. Ecoute, Geoffrey, je vais bien. Il faut juste que je règle certains problèmes ici...

— Avec le père de Christophor ?

— Oui.

— Et moi, alors? Tu t'es envolée pour la Grèce sans même me prévenir! Je pensais avoir droit à un peu plus de considération, Eleanor...

— Je sais. Je suis sincèrement désolée. Mais... mon départ s'est fait si précipitamment... Tante Meg te donnera tous les détails, si ça t'intéresse. Et maintenant, Geoffrey, il faut que j'y aille...

— Eleanor, ma chérie...

Il s'était radouci, et Eleanor décela une réelle inquiétude dans sa voix. Geoffrey était un ami loyal. Bien sûr, elle avait émis un pieu mensonge en prétendant qu'ils étaient officieusement fiancés. Mais ils seraient mariés à l'heure actuelle si elle n'avait pas refusé les demandes en mariage répétées de Geoffrey. Elle savait bien qu'il lui offrait la stabilité et un véritable foyer pour Christophor, pourtant elle disait non. Elle estimait qu'il serait malhonnête de sa part d'épouser Geoffrey. Jusque-là, elle avait été incapable de s'expliquer pourquoi. Aujourd'hui elle savait : elle était trop amoureuse de Yan pour songer à se marier avec un autre homme. Même si elle n'avait pas le courage, peut-être, de l'épouser, lui, Yan Diamakis...

— Au revoir, Geoffrey. Merci d'avoir appelé. Ta sollicitude me touche vraiment beaucoup, mais tout va bien. Je te téléphone bientôt.

— J'espère bien!

Eleanor raccrocha, regardant sans le voir l'écran de l'ordinateur devant elle, avec la liste des réservations. Yan se trouvait à Athènes depuis quatre jours, et elle n'avait pas chômé. Un coup de téléphone à sa tante Meg, pour expliquer la situation délicate dans laquelle elle se trouvait, l'avait délivrée d'un poids. Et puis, le bonheur de Christophor qui s'amusait comme un fou avec ses amis et se laissait idolâtrer par Evangelie lui procurait un immense soulagement.

A l'hôtel, elle bataillait sur tous les fronts, de la réception aux cuisines, et elle devait bien admettre qu'elle adorait ce genre de pression, avec les défis à relever minute par minute. Ce travail au Thessa Beach semblait fait pour elle, un peu trop à sa mesure, d'ailleurs. Et si elle n'y prenait garde, elle allait se sentir chez elle, ici, oublier le passé et l'échec de sa relation avec Yan, elle allait cesser de clamer son indépendance, faire taire son amour-propre et, pour finir, elle ferait partie du mobilier...

Mais il n'était pas question d'en arriver là, les conséquences seraient catastrophiques ! Si elle baissait sa garde, Yan en profiterait, et elle ne pourrait plus se défaire de lui. Or l'expérience ne lui avait-elle pas prouvé que l'on ne pouvait pas faire confiancc à Yan Diamakis ?

Pour ne plus penser à ce genre de scénario-catastrophe, Eleanor se remit au travail. Un effort de concentration lui fut nécessaire, toutefois, pour vérifier la longue liste des réservations qui s'affichait sur l'écran. Elle eut beau compter et recompter, examiner chaque donnée dans ses moindres détails, quelque chose ne collait pas. Soudain, elle comprit qu'il se passait au Thessa Beach ce que tout hôtelier redoutait : un surnombre de réservations ! Une seule, en fait, et pour un seul soir. Oui, mais ce soir-là, précisément. Un des risques du métier, étant donné qu'une habitude pour le moins bizarre allouait à divers organisateurs de voyages répartis à travers le monde plus de chambres que le Thessa Beach n'en comptait...

Eleanor scruta attentivement son écran, refit ses calculs, pour parvenir au même résultat accablant : ce soir, un couple qui arrivait tout droit de Düsseldorf et qui avait réservé une chambre pour quinze jours, n'aurait pas de lit...

Alors tout alla très vite. Le directeur, à peine remis, ne put que confirmer l'erreur décelée par Eleanor. On tenta de réorganiser dans sa totalité l'attribution des chambres. En vain. Une seule solution pouvait résoudre le problème et éviter la crise : loger pour la nuit les deux touristes allemands dans un autre quatre-étoiles, à quelques kilomètres du Thessa Beach, sur la même côte.

Bien sûr, à leur arrivée, en début de soirée, ils n'étaient pas très contents, et Eleanor, à la réception, s'évertuait à les calmer en usant de tout son charme lorsque Yan parut. Il paraissait exténué, en bras de chemise, son veston sur l'épaule. En l'apercevant, Eleanor sentit son cœur battre plus vite. Il suivit la scène de loin quand, souriante, elle souhaita une bonne soirée au couple allemand que le minibus du Thessa Beach devait conduire à l'autre hôtel. Elle avait également prévu qu'on leur serve le champagne quand ils entreraient dans leur chambre.

Quand il la rejoignit à la réception, après le départ des deux touristes, Eleanor lui expliqua ce qui s'était passé et la stratégie de crise qu'elle avait mise en place.

— Tu t'en es très bien sortie, dit-il.

Il contempla sa silhouette élégamment vêtue d'une robe-chemisier beige, et parut apprécier sa coiffure, une longue tresse dans le dos, bien nette, et qui dégageait son visage en mettant ses yeux en valeur.

— Et ce soir, pour fêter cela, je t'emmène dîner en ville, Eleanor ! Je passerai te chercher dans une heure, d'accord ?

Plus tard, alors qu'ils prenaient l'apéritif au bar d'une petite taverne de la plage, Yan lui posa une foule de questions sur son travail à l'hôtel et raconta avec son humour habituel ses tribulations de réunion en conseil d'administration, à Athènes. Dans cette atmosphère détendue, Eleanor eut bien du mal à rester sur la défensive.

— Je te trouve particulièrement en beauté ce soir, Eleanor.

Un frisson de pur plaisir la parcourut comme il l'enveloppait d'un regard plus qu'éloquent.

— Je t'ai manqué ? demanda-t-il.

— Si je te répondais « oui », ton ego enflerait de façon démesurée, n'est-ce pas ? lança-t-elle avec un petit rire.

Elle croisa les jambes, et s'aperçut aussitôt de son erreur. Sur le haut tabouret du bar, le geste pouvait paraître provocant, la courte robe de soie rose qu'elle portait pour la circonstance révélant de longues jambes bronzées.

— Démesurée, en effet, répéta-t-il, souriant. Tu as l'air en pleine forme, Eleanor, le soleil t'a fait du bien.

— Ma foi, à part une heure ou deux de temps en temps à l'hôtel, j'ai passé mon temps à lézarder sur la plage pendant quatre jours.

— Ah, oui ? Pourtant le directeur m'affirme que tu as abattu un travail formidable, que tu t'es investie comme si l'hôtel t'appartenait.

Le compliment la fit rougir.

— Il a dit cela ?

— Je ne doute pas de sa parole, tu sais, je t'ai vue à l'œuvre avec ce couple allemand. Tu as maîtrisé la situation de façon exemplaire.

— Merci.

— De plus, Evangelie me dit que tu as passé beaucoup de temps à jouer avec Christophor. Imagine ma fierté d'avoir Superwoman à mon côté, ce soir !

— Ainsi, tu as vérifié mes faits et gestes ? Tu ne manques pas d'aplomb !

Yan se mit à rire.

— Je m'attendais presque que tu te sauves encore une fois, voilà pourquoi j'ai mené ma petite enquête.

— Non, mais je rêve ! murmura Eleanor, partagée entre l'incrédulité et la colère. Je savais que tu n'avais pas une bonne opinion de moi, mais à ce point-là... ! Alors, tu penses que j'aurais offert de t'aider, et puis que je me serais enfuie dès que tu aurais eu le dos tourné ?

— Pardonne-moi, Eleanor, dit-il gravement. Je vois très bien que mes soupçons n'étaient pas fondés. Seulement, tu n'avais pas particulièrement agi à la loyale, rappelle-toi...

Agacée, Eleanor sauta en bas de son tabouret et se précipita dehors. Mais il eut tôt fait de la rattraper.

— Attends, Eleanor... !

Il la saisit par le bras, et elle essaya de se dégager.

— Lâche-moi ! ordonna-t-elle.

— Mais enfin, Eleanor, pour l'amour de Dieu...

Elle eut beau se débattre, il parvint à l'embrasser. Ce fut un baiser violent, sauvage, qui parut durer une éternité à la jeune femme, et qui l'embrasa tout entière. Alors, elle en voulut à Yan de savoir si bien transformer sa colère en désir.

— Calme-toi, Eleanor, chuchota-t-il.

Mais il ne lâcha pas prise pour autant, la moulant contre lui avec une sensualité insoutenable. Eleanor lut du désir dans ses yeux noirs, et elle se débattit de plus belle.

— Non, je ne me calmerai pas ! cria-t-elle en le frappant de toutes ses forces. Tu m'accuses de

déloyauté ? Tu oses, après m'avoir dupée au sujet de Sofia ? Je serais capable de te tuer... !

— Pas ici, *agapiti mou*, pas devant tout le monde, dit-il d'un air moqueur.

Eleanor suivit son regard et vit que tout le bar, personnel compris, les observait d'un œil goguenard, savourant ce psychodrame inattendu à l'heure de l'apéritif.

— Tu vas me lâcher, à la fin ? maugréa-t-elle, rouge de honte.

— Quand tu m'auras promis d'être sage, pas avant. Nous allons dîner en ville, Eleanor, expliqua-t-il doucement en lui posant un baiser aérien sur les lèvres. Ensuite, nous irons voir danser le sirtaki chez mon oncle. Tu te rappelles, nous adorions l'ambiance de sa taverne...

— Non.

— Alors, essaye de te rappeler, Eleanor.

Il la serrait si fort qu'elle avait l'impression d'être prisonnière d'un étau.

— D'accord, je me rappelle, bougonna-t-elle. Et maintenant, lâche-moi...

Yan laissa lentement retomber ses bras. Puis, une main sur la taille de la jeune femme, il l'entraîna en lui conseillant à l'oreille de sourire, comme ils passaient devant les clients attablés. Elle obéit, et Yan scella ce nouveau triomphe d'un baiser sur la bouche. Aussitôt, des applaudissements crépitèrent et on entendit même des voix crier « bravo ». Eleanor dut se contrôler pour ne pas s'arrêter tout net et gifler Yan...

Il l'amena à la taverne où ils avaient dîné le premier soir, quatre ans plus tôt. Le soir où, éperdue d'amour et des étoiles dans les yeux, elle buvait littéralement ses paroles.

— L'endroit n'a pas changé, murmura Yan en observant la mine revêche de sa compagne assise en face de lui. En revanche, l'atmosphère est nettement moins gaie, tu ne trouves pas ?

— Tu t'étonnes ? Après ce que tu viens de me dire ? Et après m'avoir traitée comme tu l'as fait, au bar de la plage ?

— Tu dois apprendre à te contrôler, Eleanor. Mes accusations étaient vraies en partie. Tu n'avais absolument pas besoin de t'en aller...

— J'ai quitté le bar parce que tu m'avais insultée.

— Tu trouves toujours le moyen de justifier tes actions, n'est-ce pas ? Comme il y a quatre ans, quand tu t'es enfuie. Tu étais alors convaincue que je t'avais trompée.

— Et ce n'était pas le cas ?

Yan soupira avec lassitude.

— Combien de fois veux-tu donc que je te le répète ? Je t'avais demandée en mariage parce que j'avais envie de t'épouser. Le bébé n'était qu'une motivation de plus, Eleanor...

— Ton explication ne me paraît pas crédible du tout. Depuis le jour où tu as appris son existence, je le vois bien, Christophor est devenu ton obsession...

— Si la naissance de son enfant laisse un homme indifférent, on le traite de macho sans cœur ! Si ça le comble de joie, on le traite d'obsédé ! Et cet homme-là, il faut le fuir à tout prix !

Dehors, la vie battait son plein, avec l'animation du port un soir d'été, avec les sons, les couleurs, les lumières, les parfums. Ici, sous cette pergola de bougainvillées roses, à la lumière des bougies, il n'y avait plus qu'eux deux, isolés du reste du monde. Très séduisant en chemisette noire et pantalon écru, Yan

observait Eleanor d'un œil amusé. Et pourtant, n'avait-elle pas décelé une réelle souffrance sous le sarcasme ? Malgré elle, son cœur se serra. Son amour-propre et sa peur de souffrir l'empêchaient-ils de prendre en compte le point de vue des autres... ?

Le maître d'hôtel vint prendre leur commande, et Eleanor choisit un menu composé de taramosalata, de brochettes d'agneau et de riz.

— Moi, je vais prendre des feuilles de vigne farcies et un poulet rôti, dit Yan en refermant la carte.

Dès qu'ils furent de nouveau seuls, Eleanor relança la conversation :

— Yan, si j'ai menti pour le bébé... c'est qu'à ce moment-là tout me faisait peur...

— Peur ?

— Oui... On dit que les femmes enceintes ont parfois de drôles de réactions, je ne sais pas...

Elle accepta volontiers le vin blanc que Yan lui proposait et en but une longue gorgée pour se donner le courage de continuer.

— J'hésitais à t'annoncer la nouvelle, parce que... eh bien, nous étions ensemble depuis des semaines, mais très honnêtement, je me demandais comment tu réagirais...

— Tu étais dans ta bulle, dans ton conte de fées, je te l'ai déjà dit, Eleanor, et tu ne cherchais absolument pas à découvrir quel genre d'homme j'étais en réalité !

— Tu es injuste, Yan...

— C'est la vérité. Tu m'avais attribué le rôle de l'amant de légende, peut-être, dans ton bel univers rose ? Et voilà que la réalité s'en est mêlée. Car qu'y a-t-il de plus réel qu'un bébé ? Qu'y a-t-il de plus réel que de donner la vie à un petit être ? C'est aussi ce qui permet de tester la loyauté et la profondeur des sentiments. Sauf que toi, tu manquais de maturité pour mener tout cela de front. Alors, tu as choisi la fuite.

— Tu es tellement injuste, Yan ! murmura-t-elle avec désespoir. Comment espérais-tu donc que je réagirais quand Sofia et ses parents, à leur retour d'Italie, m'ont jeté la vérité à la figure ?

— Puisque tu étais ma fiancée, j'espérais *naïvement* que tu m'accorderais le bénéfice du doute !

— Yan, ces trois personnes étaient des membres de ta famille ! Ta propre tante, avec son mari et la fille de ce dernier ! Ils sont venus me montrer la bague de fiançailles de Sofia et me dire que j'avais été dupée...

— Et toi, bien sûr, tu t'es empressée de les croire sur parole, répliqua Yan après un court silence. Pourtant, je t'avais dit que Sofia et moi, nous n'étions plus fiancés, que j'avais rompu avant notre histoire d'amour à nous, avant son départ pour l'Italie...

— Alors, pourquoi Sofia et ses parents ont-ils menti ?

— Parce que ma tante et mon oncle par alliance désiraient ardemment me voir épouser Sofia. Pour que les entreprises Diamakis restent dans la famille. Ils avaient beaucoup de mal à accepter ce à quoi j'aspirais, moi.

L'explication était claire, exprimée sur un ton neutre. Yan ne révélait toujours rien de ses émotions.

— Tu continues à passer pas mal de temps avec Sofia, fit alors remarquer Eleanor. Or elle m'a menti, et cela aurait dû te rendre furieux !

— Mais je l'étais ! Seulement, Sofia et ses parents vivent ici, à Skiathos. Tu sais, la division dans les familles peut se révéler très pénible. Il y a des limites à la rancune, Eleanor.

— Sofia travaille au Thessa Beach. Elle prenait le

petit déjeuner avec toi dans ta villa le lendemain de mon arrivée. Toi et *tatie* Sofia aviez déjà prévu une sortie pour la journée avec Christophor ! Alors, si tu es si friand de sa compagnie, c'est que tu n'as ni pardonné ni oublié !

— La jalousie est un vilain défaut, lui rappela Yan avec un petit sourire sans joie.

Cette discussion ne les mènerait nulle part, songea Eleanor en regardant Yan dévorer ses feuilles de vigne farcies avec son robuste appétit habituel. En fait, qu'il ait ou non rompu avec Sofia avant de la demander, elle, Eleanor, en mariage, importait peu, finalement. La question capitale était de savoir pourquoi il l'avait demandée en mariage. Car Eleanor avait beau s'inventer une explication de conte de fées, elle n'arrivait toujours pas à croire qu'il ait voulu l'épouser pour elle-même, qu'il l'ait aimée et chérie au point de désirer s'unir avec elle pour la vie.

Non, il lui avait proposé le mariage à cause du bébé. Par sens du devoir. L'attitude était admirable, mais où se trouvait l'amour dans tout cela ?

— Donc, ces quatre jours à prêter main-forte au personnel du Thessa Beach t'ont bien plu ? demanda-t-il au bout d'un moment.

— Oui, énormément ! avoua Eleanor avec un sourire encore un peu crispé.

— J'ai envisagé de créer un centre de remise en forme. Nos installations de sports nautiques fonctionnent très bien, et depuis longtemps déjà. Mais un peu de thalassothérapie, de la gymnastique, un institut de beauté, et peut-être même l'aromathérapie dont tu parlais, tout cela rendrait le Thessa Beach plus attractif encore aux yeux des touristes grecs aussi bien qu'étrangers.

Eleanor l'écoutait avec attention, sans toutefois très bien voir où il voulait en venir.

— Des cadres stressés, hommes et femmes, il y en a sûrement autant à Athènes qu'à Londres, ajouta-t-il.

En disant cela, il lui décocha un regard particulièrement appuyé.

— Oui, sûrement, acquiesça Eleanor avec prudence. Et alors... ?

— Alors, j'aimerais que tu me conseilles. Tu m'as dit avoir ouvert un centre de ce genre en Angleterre, dans l'hôtel de ta tante.

— Oui je... En effet. Et, bien sûr, si je peux, je te donnerai un avis avec plaisir.

— *Efkharisto*, Eleanor. Ces huiles essentielles que tu utilises en aromathérapie, en as-tu quelques-unes avec toi ?

— Une ou deux. Quand je pars en voyage, j'emporte généralement une huile essentielle de lavande. Elle renforce le système immunitaire — elle protège des infections...

— Tu pourrais peut-être traiter le reste de mon personnel, alors, par mesure de précaution...

— Mon flacon n'y suffirait pas !

— Dans ce cas, en tant que patron de l'hôtel, je tiens à bénéficier d'un massage d'essai, déclara Yan, le regard brillant. Viens dans ma chambre ce soir, Eleanor, histoire de me convaincre des mérites thérapeutiques de ce traitement...

Il se moquait, lui lançait un défi, certain qu'elle n'oserait pas. Eh bien, il allait être étonné !

— D'accord, si c'est ce que tu veux...

Comme il l'observait avec toujours le même sourire ironique, elle le foudroya du regard.

— Inutile de faire ces yeux-là, Yan ! Ce n'est pas du tout le genre de massage auquel tu penses... !

— Mais je te crois, répondit-il avec solennité. Et il me tarde de découvrir ce massage qui n'est pas du tout ce que je pense.

Comme elle rougissait, puis pâlissait sous l'effet de la colère, il ajouta tranquillement :

— En attendant, nous finissons de dîner, puis nous nous rendons chez Theopolou applaudir les danseurs, d'accord ?

# 7.

Située à flanc de colline, la taverne de Stefan Theopolou était très fréquentée. Tout le monde la connaissait, aussi bien les Grecs que les étrangers en vacances. La salle en terrasse était comble, et tous les yeux convergeaient vers la petite piste où un jeune homme et deux jeunes filles exécutaient des danses folkloriques au son du bouzouki.

Theopolou aperçut Yan et Eleanor quand ils entrèrent et il leur fit de grands signes de loin. Quinquagénaire trapu, avec un visage jovial qu'ornait une grosse moustache, Stefan Theopolou était natif de Skiathos.

— Yan ! Et Eleanor ! s'exclama-t-il joyeusement en venant vers eux.

Il embrassa la jeune femme comme s'ils s'étaient quittés la veille et non pas quatre ans plus tôt.

— Soyez la bienvenue dans ma taverne, Eleanor ! Quel plaisir de vous revoir !

— Moi aussi, je suis heureuse de vous revoir, monsieur Theopolou. Votre femme va bien, j'espère ?

— Très bien, merci, Eleanor. Ma petite Sofia est là, elle aussi. Tu l'as vue, Yan ?

Eleanor s'était raidie. Et elle sentit que Yan faisait

de même, car il lui avait passé un bras autour des épaules.

— Non, pas encore, Stefan, répondit-il posément. Nous allons nous asseoir à cette table, là-bas. Peux-tu nous apporter un de tes meilleurs vins blancs ?

— Certainement. Dès que je trouve Sofia, je te l'envoie, d'accord ?

S'agissait-il d'une provocation ? se demanda Eleanor avec un peu d'amertume. Ou alors, il avait la mémoire courte...

— Le vin suffira, Stefan, déclara fermement Yan.

Souriant toujours, Theopolou hocha la tête et parut hésiter avant de s'éloigner.

— *Endaxi*, juste le vin. Et votre beau petit Christophor, comment va-t-il, Eleanor ?

— Il va bien. En ce moment, il est au lit, sous la garde d'Evangelie.

— Quel enfant intelligent ! Quand Yan l'a ramené à Skiathos, nous sommes tous tombés sous le charme, continua Stefan Theopolou sans la moindre gêne.

— J'en suis ravie.

A force de vouloir rester polie et souriante, Eleanor finissait par ne plus très bien savoir ce qu'elle disait.

— Vous allez rester jusqu'à la fête de Christophor, je suppose, Eleanor ? reprit-il. Elle a lieu durant la première semaine d'août.

— Je... je ne sais pas encore...

L'ambiguïté de cette conversation mettait les nerfs de la jeune femme à rude épreuve, et dans un instant, elle le sentait, elle allait se mettre à hurler. Stefan faisait-il allusion à leur séjour à tous les deux — elle et Christophor —, ou bien laissait-il entendre que Christophor allait rester à Skiathos pendant qu'elle s'en retournerait, seule en Angleterre ?

— Tu penses à notre vin, oncle Stefan ?

Yan avait changé de ton, à présent, et il ne cachait pas une certaine impatience. Eleanor le suivit à travers la foule vers une petite table située un peu à l'écart, près de la balustrade. De là, on avait une vue magnifique sur les lumières du port, tout en bas, et sur la mer, miroir d'argent sous la lune. Sur les tables, les photophores diffusaient une lumière douce, qui faisait trembloter sur les murs blancs l'ombre des bougainvillées retombant de la toiture en bambou.

— Tu te rappelles l'importance que les gens d'ici accordent au saint patron ? demanda Yan quand ils furent assis.

— Oui, répondit Eleanor. J'avais juste oublié qu'on célèbre les Christophoros début août.

— Le 6 août, cette année.

Eleanor avait déjà assisté à ce genre de fête qui réunissait famille, amis et même tout un village pour peu que ce jour-là fût également une des grandes fêtes religieuses du rite orthodoxe. A Skiathos, tous ceux qui portaient le même nom ouvraient leur porte, et offraient à leurs visiteurs gâteaux et liqueurs maison pour les remercier d'être venus, le plus souvent avec un petit cadeau.

— Ta famille s'attend sûrement que Christophor soit là le jour de sa fête ? risqua Eleanor.

— Naturellement. Et moi aussi, Eleanor, je m'attends qu'il soit présent.

Voilà qui lui posait un réel cas de conscience, songea la jeune femme. Avait-elle le droit de priver Christophor d'un événement aussi important ? Il fallait qu'elle y réfléchisse à tête reposée.

La brise du soir véhiculait un singulier mélange d'effluves : l'odeur des aiguilles de pin que le soleil avait chauffées durant la journée; les parfums de jasmin qui montaient du jardin sous la terrasse; et les senteurs qui provenaient du grand barbecue où rôtissaient d'appétissantes brochettes. Tout cela ramenait Eleanor quatre ans en arrière, quand Yan et elle venaient ici le soir. L'endroit, l'ambiance avaient peu changé. Si ce n'est que Stefan Theopolou n'avait plus les mêmes sujets de conversation...

Elle, en tout cas, était bien déterminée à parler d'autre chose.

— Ils dansent bien, dit-elle soudain, les yeux fixés sur la piste. J'adore les danses grecques. Surtout le sirtaki. Et j'aime écouter le bouzouki. J'ai rarement entendu des sonorités d'une telle gaieté! C'est pour cette raison que tu m'as amenée ici, ce soir, parce qu'autrefois j'adorais cet endroit?

— Pourquoi, sinon, t'aurais-je entraînée dans l'antre de l'oncle Stefan?

— Ton oncle s'est montré charmant, répondit-elle prudemment.

A cet instant, un serveur leur apporta une bouteille dans un seau à glace. Yan examina l'étiquette, puis fit lui-même le service.

— Tu as encore faim, Eleanor?

— Je ne pourrais rien avaler d'autre — même si ces brochettes mettent l'eau à la bouche! avoua-t-elle gaiement. Je vais m'en tenir au vin.

— Il est léger. C'est un excellent cru de la région de Salonique. Ce sont des moines qui cultivent la vigne, puis ils fabriquent leur vin dans les caves du monastère. Tu sais, nous avons le temps, la soirée ne fait que commencer, nous pouvons toujours manger un morceau plus tard. Dans un autre endroit, même, si tu préfères.

Leurs regards se croisèrent, Eleanor souriait. Soudain, retenant son souffle, elle cessa de sourire. Yan détaillait son corsage avec une insistance troublante. Or elle connaissait cette lueur dans ses yeux, et elle s'efforça de refouler l'insidieuse montée de son propre désir.

— Tu es très belle, Eleanor.

Son regard et sa voix avaient la douceur d'une caresse. Eleanor cherchait désespérément quelque chose à dire qui les ramènerait sur un terrain neutre, lorsque, du coin de l'œil, il lui sembla reconnaître quelqu'un dans la foule.

Sofia ! Elle avançait vers leur table, un large sourire sur ses lèvres trop fardées. Moulée dans une minirobe stretch imprimée, chaussée de sandales en lamé or à talons aiguilles, et avec sa crinière de jais sur les épaules, elle incarnait la vamp, la femme fatale. Il n'en fallait pas tant pour qu'Eleanor se sente aussitôt gauche et sans aucun chic.

— Yan !

La voix sensuellement voilée modula un petit trémolo de plaisir. Sans même accorder un regard en direction d'Eleanor, Sofia se pencha vers Yan et l'embrassa sur la joue.

— Je suis surprise de te trouver ici, mon chéri. Tu n'avais pas l'intention d'aller au lit de bonne heure ?

— Bonsoir, Sofia, dit Yan sans chaleur.

— Vous vous déplacez vraiment beaucoup, Sofia ! fit remarquer Eleanor. Partout où je vais, il faut que je vous rencontre !

— Non, Eleanor, pas partout. Je ne vous ai pas vue à Athènes, par exemple...

Sofia la narguait, un sourire aux lèvres, et il fallut quelques secondes à Eleanor pour enregistrer ces propos émis avec une tranquillité désarmante. Brusquement, elle comprit et ferma les yeux. Comme cela faisait mal ! Et dire qu'elle se sentait détendue, ce soir, presque heureuse même depuis quelques minutes...

Eh bien, Sofia Theopolou venait de lui rendre un immense service en dévoilant la vérité toute crue et sordide. N'avait-elle pas été à deux doigts, en effet, de se couvrir de ridicule une fois de plus... ?

Eleanor se leva, s'exhortant au calme.

— Je ne voudrais pas t'empêcher d'aller au lit de bonne heure, Yan ! lança-t-elle d'une voix au débit saccadé qu'elle ne reconnut pas. Avec Sofia, peut-être ? Je rentre en taxi...

Mais elle n'avait pas fait trois pas que Yan, qui s'était levé précipitamment, la saisissait par le bras. Ses yeux lançaient des éclairs, mais cette fois, sa colère était dirigée contre Sofia.

— En voilà assez ! s'exclama-t-il. Je n'ai jamais levé la main sur une femme, mais ce soir, Sofia, je ne sais pas ce qui me retient de...

Le reste, en grec, échappa à Eleanor, qui se tenait immobile, trop fière pour se débattre.

— Je te ramène, dit enfin Yan en l'entraînant vers la sortie.

— Inutile, je vais appeler un taxi.

Ils étaient dehors, à présent, près de la jeep.

— Tais-toi et monte ! ordonna Yan.

Lasse, Eleanor finit par obéir. Mais elle n'était guère rassurée. Yan paraissait encore plus furieux qu'elle, et cela se sentait à sa façon de conduire.

— On fait l'impasse sur le massage, tu l'auras compris, murmura-t-elle comme ils approchaient de la villa.

Yan arrêta sa jeep dans l'allée, coupa le contact,

sauta à terre et contourna le véhicule pour en faire descendre Eleanor. Il la tint fermement par le bras.

— Me croiras-tu si je te jure que je n'ai pas emmené Sofia avec moi à Athènes ? demanda-t-il avec rudesse.

— Au vu de ce qui s'est passé autrefois ? Très franchement, non, je ne te croirai pas...

— Exactement la réponse que j'attendais !

Il lui serrait le bras si fort qu'elle ébaucha une grimace de douleur.

— Tu me fais mal ! Est-ce ma faute si Sofia a dévoilé votre petit secret sordide ?

Etouffant un juron, il l'attira contre lui et prit ses lèvres avec violence. Ensuite, il la relâcha, et elle devina plutôt qu'elle ne vit qu'il prenait quelque chose à l'arrière de la jeep. Aussitôt après, Eleanor se trouva soulevée de terre et emportée loin de la villa, à l'abri des pins, sur la petite plage privée de Yan.

— Mais que fais-tu, à la fin ? protesta-t-elle.

Comme il étalait un grand drap de bain sur le sable blanc, Eleanor tenta de fuir, mais il la retint d'une poigne solide.

— Je fais ce que j'aurais dû faire dès ton retour à Skiathos, Eleanor ! dit-il en la plaquant au sol. Te parler ne sert à rien. Pour que tu comprennes, il n'y a, semble-t-il, qu'une façon. Alors, je vais te prouver mes sentiments de cette façon-là...

Eleanor se débattit sous lui, mais il avait plus de force et il en abusait sans vergogne. Non, il n'allait pas s'abaisser à agir de cette façon ! L'amour se faisait à deux, par consentement mutuel, autrement ce n'était qu'un viol ! Et puis, quelle audace il avait d'imaginer pouvoir lui faire oublier aussi facilement sa petite escapade à Athènes avec la belle Sofia...

Cet homme était le diable, songea Eleanor au désespoir, alors que son corps commençait à la trahir. Quand ses cris de colère se transformèrent-ils en gémissement de désir? Eleanor ne le sut jamais. Eblouie par des sensations plus merveilleuses les unes que les autres, elle avait l'impression d'entrer dans une autre dimension.

— Oh, Yan... je t'en prie... oui... !

— Dis-moi ce que tu veux, mon ange, murmura Yan en lui prodiguant des caresses de plus en plus provocantes. Tu veux ceci... ?

Il promenait ses paumes sur le décolleté en glissant doucement le doigt plus bas dans l'échancrure.

— Ou... ceci... ?

A présent, ses lèvres exploraient les rondeurs de la poitrine à travers la soie de la robe.

— Patience, Eleanor, patience...

Il y avait une note de triomphe dans sa voix, et Eleanor éprouva un vague sursaut de colère aussitôt submergé par le flot dévastateur du désir.

Yan se souleva un instant, le temps de la dévêtir, et soudain, elle sentit la brise venue de la mer rafraîchir sa peau nue.

— Tu es encore plus belle au clair de lune, *agapiti mou.* Belle à couper le souffle...

— Oh, Yan... !

Comment aurait-elle pu s'échapper? Il explorait son corps avec une fougue dévastatrice, faisant naître des frissons exquis le long de ce parcours d'une extrême sensualité. Impossible de raisonner désormais, elle n'était plus que désir! Elle se mit à le caresser à son tour, s'efforçant de lui rendre tout ce plaisir dont il la gratifiait.

— Tu es une fleur exquise et palpitante, chuchota-t-il contre elle.

Leur désir à tous les deux atteignait un paroxysme insoutenable et Eleanor cria son impatience.

— Yan... ! Si tu oses arrêter maintenant, je te tue, je le jure... !

Elle étouffa un cri quand il la fit sienne, et elle s'abandonna, ivre de passion, à l'assouvissement de son désir. Se donner à Yan, après si longtemps, la comblait au-delà de ses rêves les plus fous. Rien, jamais, ne pourrait lui donner un tel sentiment de plénitude.

Enfin, ils atteignirent les sommets de la volupté, et la plage déserte, baignée par le clair de lune, retentit de leur cri d'amour.

Dans la douce torpeur qui suivit, alors qu'ils demeuraient étroitement enlacés, Eleanor écouta le silence. Un silence qui n'en était pas un, peuplé du clapotis des vaguelettes sur le sable, à quelques mètres, ou encore du crissement incessant des cigales dans le sous-bois. Elle se dégagea doucement et, se soulevant sur un coude, elle croisa le regard de Yan. Ses yeux ne révélaient rien, et Eleanor frissonna. Un étranger, voilà ce qu'il était redevenu. Un étranger. Elle se faisait horreur, et lui aussi, il lui faisait horreur...

— Et maintenant, je les comprends, tes sentiments ? demanda-t-elle d'une voix étranglée. Sais-tu seulement, Yan, à quel point je me sens avilie ?

— Avilie ? répéta-t-il tout bas. Ecoute, Eleanor, une chose est sûre : nous avons toujours autant envie l'un de l'autre.

— Mais tu ne vois donc pas, Yan, que le besoin charnel ne résout rien ? Tu sais éveiller mon désir, soit, mais cela ne veut pas dire que tu sois capable de faire en sorte que j'aie confiance en toi...

Yan roula sur lui-même, brusquement, le front

appuyé sur ses avant-bras. Eleanor se fit toute petite. Elle avait un mal fou à ne pas céder au désespoir et aux larmes. Enfin, Yan leva la tête et la regarda.

— Sofia essaie de semer la zizanie entre nous, une fois encore, dit-il. A moins de l'enfermer à double tour chez elle, je ne vois pas comment l'empêcher de faire des siennes jusqu'à ce que tu acceptes enfin de m'épouser, Eleanor ! Tu vois la logique de tout cela ?

Eleanor se taisait, déchirée. Elle avait un besoin désespéré de le croire. Oh, si seulement elle pouvait avoir la certitude qu'il offrait de l'épouser parce qu'il l'aimait, et pas uniquement parce qu'elle était la mère de son fils... !

— Sofia a trouvé en toi la victime parfaite. Tu n'es pas d'ici, donc cela te rend vulnérable, et elle en profite, continua Yan avec un petit sourire amer. Enfin, Eleanor, le fait que je ne me sois pas marié avec Sofia durant les quatre années écoulées doit bien signifier quelque chose à tes yeux, non ?

— Mais si Sofia avait attendu un bébé, Yan, tu l'aurais épousée ?

— Quelle question stupide !

— Réponds, Yan ! Tu l'aurais épousée ?

— La situation ne se serait même pas présentée.

— Mais si elle avait été enceinte, tu l'aurais demandée en mariage ! s'écria Eleanor avec colère.

— Je ne vois vraiment pas ce que tu essaies de prouver, Eleanor.

— Que... que tout ce qui compte pour toi, c'est ton enfant ! Pas moi.

Tandis que Yan secouait la tête, l'air incrédule, Eleanor se leva, rassembla ses affaires, enfila sa robe et remonta la plage en direction de la villa.

Yan ne la suivit pas. Après une douche rapide, elle

se mit au lit, mais resta sur le qui-vive. Et puis, enfin, elle entendit la jeep démarrer et s'éloigner. Où allait Yan ? Rentrait-il dans son appartement de l'hôtel ? Peut-être retournait-il à la taverne ? Allaient-ils se chamailler, Sofia et lui ? Et comment la querelle s'achèverait-elle ?

Enfin, les larmes coulèrent sur ses joues en feu. Elle avait tant de chagrin ! Elle s'était donnée à Yan, elle l'aimait à la folie, mais elle n'avait rien reçu en retour, pas le moindre mot d'amour... Car il ne l'aimait pas. Il la méprisait, tout simplement !

Jamais elle ne trouverait le sommeil, décida-t-elle au milieu de la nuit, lassée de se retourner dans son lit. Alors, elle se leva, sa résolution était prise : il fallait partir. Elle avait besoin de temps pour réfléchir, mais elle ne pouvait penser raisonnablement que loin de Yan.

Eleanor rassembla quelques affaires, habilla Christophor sans bruit en lui racontant qu'ils partaient en balade, que c'était une aventure, un jeu, et qu'il ne fallait surtout pas faire de bruit.

Heureusement, la compagnie de taxis de Skiathos fonctionnait aussi la nuit. Eleanor attendrait la voiture à deux cents mètres environ de la villa, par précaution.

L'aube était proche lorsque la jeune femme se faufila hors de la maison, une valise dans une main, et tenant la menotte de Christophor de l'autre.

— C'est un jeu, mon ange, lui chuchota-t-elle en souriant. Un jeu qui s'appelle l'aventure, et il ne faut surtout pas faire de bruit, pour ne réveiller personne...

Elle s'arrêta une seconde, posa sa valise et se baissa pour embrasser son fils.

— En route pour l'aventure, bonhomme, et... chut... on ne fait pas de bruit, d'accord ? Car si on nous entend, le jeu est fini...

Christophor hocha gravement la tête en imitant sa mère qui mettait un doigt sur la bouche, et ils se remirent en route.

Le cœur battant, Eleanor avançait prudemment dans l'allée. Elle ne recommença à respirer qu'une fois sur la route. Elle frissonnait de peur, comme une réfugiée fuyant l'oppression. L'image lui arracha un petit sourire. Yan avait bien des défauts, mais ce n'était tout de même pas un tyran qui menaçait sa vie...

Une fois dans le taxi, son petit garçon assis contre elle, Eleanor se sentit déjà plus rassurée. Et elle poussa un profond soupir de soulagement lorsqu'elle entra dans l'aéroport. Jusque-là, tout se passait bien. A présent, il lui fallait juste trouver deux places. Pour n'importe quelle destination en Europe. L'important était de partir. Et là où elle atterrirait, elle prendrait le prochain vol pour Londres.

Plus les minutes passaient, plus il lui tardait de s'en aller. Comme si l'île tout entière, et pas seulement Yan, s'était donné le mot et complotait pour la retenir prisonnière, ou pour lui prendre son enfant...

— Il nous reste quelques places sur un vol pour Rome, l'informa un jeune employé derrière le comptoir en raccrochant son téléphone. Il décolle dans quarante minutes, ajouta-t-il, l'œil rivé à son écran d'ordinateur. Je vous établis deux billets ?

— Oui, s'il vous plaît, répondit Eleanor, soulagée.

Quarante minutes, ce n'était pas long. Elle emmènerait Christophor boire un jus de fruits pour éviter qu'il ne s'ennuie.

Munie de ses billets, Eleanor alla enregistrer sa valise et, tenant son fils par la main, elle se dirigea vers la petite cafétéria de l'aérogare. Les passagers pour Rome furent appelés plus tôt que prévu, et Eleanor prit

Christophor dans les bras pour gagner la salle d'embarquement. Elle attendit quelques instants dans une file, et ce fut enfin son tour de se présenter au portillon de la douane.

— Passeport ?

Le préposé, un grand gaillard impassible, attendit. Eleanor ouvrit la poche intérieure de son sac de voyage et en sortit son portefeuille qui contenait tous ses papiers importants. Mais elle eut beau chercher, son passeport ne s'y trouvait pas. Alors, elle comprit, et une effroyable panique s'empara d'elle.

— Passeport !

Cette fois, le douanier s'impatientait. Dans la file derrière elle, des têtes se penchaient, on murmurait, tout le monde se demandait ce qui se passait. Eleanor aurait donné n'importe quoi pour que la terre s'ouvre sous elle, tant elle avait honte.

Elle secoua la tête, osant à peine regarder le géant derrière le portillon.

— Je... Désolée, balbutia-t-elle. Il me semble que... Enfin... je n'ai pas mon passeport sur moi, je le crains...

# 8.

Dès qu'elle aperçut Yan attendant tranquillement dans sa jeep devant l'aérogare, Eleanor comprit. Yan avait fouillé dans ses affaires, il avait subtilisé son passeport. En un mot, il la retenait *prisonnière* à Skiathos...

Tant d'arrogance la sidéra, et la mit dans une rage folle.

Yan les vit et sauta de sa jeep pour venir à leur rencontre. Il marchait d'un grand pas souple, sans se presser ; sans arborer, non plus, un air triomphant, et en dépit des circonstances, Eleanor lui en sut gré.

Arrivé à leur hauteur, il souleva Christophor dans ses bras. L'enfant s'était mis à pleurnicher après l'incident du passeport, et depuis, il se montrait de plus en plus grognon. Comme par enchantement, en voyant son père, il recouvra d'un coup son sourire et sa bonne humeur.

— Papa ! s'exclama-t-il, aux anges, en lui nouant les bras autour du cou. Avec maman on a fait la *venture*, papa ! Elle est finie la *venture* ?

— Juste remise à plus tard, mon cœur, lui dit Eleanor. Maman a perdu une chose dont nous avions besoin pour l'aventure.

— Tu as égaré quelque chose ? demanda Yan d'un air moqueur.

Il l'observait, et Eleanor devina que sa tenue devait laisser à désirer. Dans sa précipitation, en fin de nuit, elle avait enfilé ce qui lui tombait sous la main, un bermuda et une chemise bleu marine, et elle avait noué ses cheveux en queue-de-cheval sans même se regarder dans une glace.

Christophor se taisait. Il suçait son pouce, mais ses grands yeux noirs ne perdaient rien de la scène.

Eleanor prit une profonde inspiration. Soucieuse de préserver l'équilibre de son enfant, elle s'exhorta au calme.

— Oui, répondit-elle enfin très doucement. Figure-toi que j'ai égaré mon passeport !

— Tiens donc ! Je crois savoir où il est.

Furieuse, mais impuissante, Eleanor monta à bord de la jeep, à l'arrière, et prit Christophor sur ses genoux.

— Je n'en doute pas, murmura-t-elle. Et maintenant, quel est le programme ? Tu me fais jeter au cachot ? Tu me soumets à la torture ?

Yan lui jeta un regard ironique par-dessus son épaule tout en démarrant.

— Aucune mesure aussi sévère n'a encore été envisagée, admit-il. Peut-être devrais-tu simplement regarder la vérité en face, Eleanor.

— Ah ? Et quelle vérité ?

— J'ai envie que tu restes et je suis prêt à tout pour t'empêcher de partir. Et c'est cela qu'au fond de ton cœur tu veux me dire.

— Alors, à ton avis, dis-moi pourquoi je m'apprêtais à prendre le premier avion en partance ?

— Par peur de la vérité.

Eleanor se tut un moment, de crainte de laisser éclater sa colère.

— Quelle conversation passionnante ! fit-elle enfin. A présent, nous parlons d'une autre vérité, c'est cela ? Cette « vérité » que, dis-tu, je redoute d'affronter ?

— Oui. Tu as peur d'admettre que tu m'aimes.

Eleanor en resta sans voix, et elle serra Christophor plus fort contre elle en luttant pour ne pas hurler sa fureur. Une fureur dirigée autant contre lui que contre elle, d'ailleurs. Car il fallait qu'elle soit folle pour éprouver encore de l'amour à l'égard d'un tel individu !

Quand, au petit matin, elle avait découvert la m[illegible] vide, Evangelie en avait été toute retournée. [illegible] quelles effusions elle retrouva son cher Chris[illegible] Son soulagement et ses larmes émurent Elean[illegible] donnèrent mauvaise conscience. Tout à coup, son g[illegible] lui paraissait afffreusement mesquin. Oh, mais elle n'avait pas à se faire de tels reproches ! décida-t-elle aussitôt. Elle était une femme libre, que diable ! Et si elle désirait rentrer dans son pays avec son petit garçon, elle en avait bien le droit, tout de même... !

— On vous a demandée au téléphone, l'informa Evangelie qui, visiblement, ne lui pardonnait pas d'être partie. Un ami à vous qui s'appelle Geoffrey Terence-Evans.

— Tu ne lui avais donc pas fait part de tes projets, à ce cher Geoffrey ?

Tandis qu'Evangelie s'occupait de Christophor, Yan avait suivi Eleanor sur la terrasse, puis dans le jardin. Il y avait un banc de bois sous un vieil olivier, et Eleanor s'y laissa tomber, soudain très lasse. Au-dessus d'elle, les délicates petites feuilles argentées dissimulaient des centaines de fruits en train de mûrir dans la chaleur de l'été. Plus tard, à la morte-saison, quand les touristes auraient quitté l'île, les oliveraies de Skiathos retentiraient des rires et des chants des habitants de l'île occupés à la cueillette. Une cueillette qui s'effectuait à la main. Et tous, ici, trouvaient un immense plaisir à cette tâche longue et laborieuse...

— Eh bien, Eleanor? Tu l'avais mis au courant?

La jeune femme ne le regardait pas. Elle fixait la mer Egée qu'elle apercevait entre les arbres et les fleurs; la mer qui brillait comme un saphir.

— Non. L'idée m'est plutôt venue comme ça, brusquement.

Yan vint s'asseoir sur le banc, près d'elle — trop près. L'atmosphère était tendue, chacun faisant en sorte de contenir sa colère.

— A cause de ce qui s'est passé entre nous, hier soir, sur la plage? se hasarda-t-il à demander.

— A cause de tout! A cause de toi... de Sofia...

— Ne pense plus à Sofia!

— Bon, d'accord, admettons que j'arrive à oublier Sofia... Seulement, il y a Christophor...!

— Mais tu aimes Christophor.

— Evidemment que je l'aime!

— Et malgré cela, tu n'as pas envie qu'il ait ce qu'il y a de mieux dans la vie?

Elle n'en pouvait plus de souffrance et de frustration, et cela durait depuis des jours! Alors, se tournant brusquement vers lui, Eleanor laissa éclater sa colère.

— Je suis sa mère! Et je t'interdis de me faire la leçon sur ce qu'il y a de mieux pour lui dans la vie! Cette grossesse, il y a quatre ans, c'était un malheureux accident. Je t'ai mis au courant de l'existence de Christophor pour une seule raison : je ne voulais pas qu'un jour il se mette à me haïr parce que je l'avais tenu éloigné de son père. C'est ce que ma mère m'a fait, à moi...

Yan la regarda un moment en silence.

— Ta mère t'a menti au sujet de ton père, Eleanor?

— Oui... Je l'ai appris quand elle est morte. J'ai découvert des lettres. Mon père avait voulu me voir, mais comme il l'avait quittée pour une autre femme, maman avait beaucoup trop de rancœur pour lui permettre de m'approcher...

Ces souvenirs faisaient toujours aussi mal, constata tristement Eleanor. Même au bout de tant d'années, l'évocation de ce père dont on l'avait privée lui serrait le cœur.

— Eleanor, est-ce pour cette raison que tu n'as pas voulu m'épouser? La vraie raison?

Il l'obligea à se tourner vers lui.

— Parce que tu imaginais que l'histoire pouvait se répéter? Qu'un jour je vous abandonnerais, le bébé et toi?

— Regarde les choses en face, Yan! Tu m'avais menti au sujet de Sofia, j'avais donc de bonnes raisons de douter de toi!

— Tu me crois capable de partir, d'abandonner mon propre fils?

— Qui sait? rétorqua Eleanor avec amertume. De toute manière, l'affection que tu portes à ton fils ne te donne pas tous les droits! Qui t'a permis de régenter ma vie, de m'interdire de quitter Skiathos, de cacher mon passeport? Je n'arrive pas à croire que tu aies fait une chose pareille! Non, vraiment, ça me dépasse...! Mais tu viens de me donner la preuve que mes craintes étaient fondées... Tu es possessif, autoritaire, tu es un homme d'un autre âge, capable de m'enfermer dans un cachot et de jeter la clé à la mer...!

Un silence suivit cette explosion de colère. Puis Yan se pencha et posa ses lèvres sur celles d'Eleanor en un baiser qui se voulait apaisant. Sur le point de s'abandonner, submergée par les souvenirs de la veille, la jeune femme parvint cependant à résister. L'échec cuisant qu'elle venait de subir à l'aéroport lui en donnait la force.

Relevant la tête, Yan lui caressa le visage, son doigt s'attardant un instant sur la courbe des lèvres. Malgré le feu intérieur qui la dévorait, Eleanor parvint à rester de marbre.

— Figée, sans vie, comme la pauvre Daphné métamorphosée en arbuste, terrifiée par ce libertin d'Apollon... Et pourtant, hier soir, nous avons vécu autre chose qu'un amour charnel, Eleanor ! Alors, ose me dire en face, là, maintenant, que tu ne m'aimes pas.

— Tu veux m'entendre dire que je t'aime ? répéta-t-elle, révoltée. Jamais, Yan ! Je ne t'aime pas ! Je te déteste ! Tu m'entends ? Je te *déteste* ! Et si tu t'imagines que je vais t'épouser, alors, très franchement, tu es devenu complètement fou !

Yan laissa lentement retomber sa main. Ils se mesurèrent du regard un long moment. Les yeux d'Eleanor étincelaient de colère, ceux de Yan ne révélaient rien. Mais lorsqu'il parla, elle faillit défaillir de surprise.

— Très bien, dit-il d'une voix calme. Tu as gagné, Eleanor. Tu peux rentrer en Angleterre avec Christophor. A condition, toutefois, que tu restes jusqu'au 6 août, le jour de la fête de Christophor.

Eleanor le fixait sans comprendre. Avait-elle bien entendu ? Si elle restait pour la fête, il lui accordait la liberté ?

— Tu me donnes ta parole d'honneur que je serai alors libre d'emmener Christophor ? demanda-t-elle enfin.

— Si tu respectes mes conditions, oui, je t'en donne ma parole d'honneur. Tu auras toute liberté de partir en emmenant Christophor.

Rien dans son comportement n'avait changé, seule sa voix le trahissait. Eleanor y décela une infinie tristesse.

Elle se détourna très vite, les larmes aux yeux. Pourquoi ces larmes, d'ailleurs ? Ne venait-elle pas de remporter la victoire ? *Sa* victoire. Le chagrin de Yan n'aurait pas dû la rendre triste. Ne l'avait-il pas fait souffrir, elle, plus que de raison, autrefois ?

Non, elle devait s'endurcir, coûte que coûte ! Sa victoire avait un goût amer, mais il n'existait pour elle aucune autre échappatoire. Yan ne lui laissait pas le choix.

— Entendu, murmura-t-elle. Nous resterons, Christophor et moi, jusqu'à sa fête. Ensuite, nous nous en irons.

— Je pose une autre condition, Eleanor.

— Laquelle ?

— Ne prends donc pas cet air soupçonneux !

Yan émit un petit rire moqueur avant d'ajouter :

— Je te serais extrêmement reconnaissant, Eleanor, de bien vouloir continuer à nous donner un coup de main à l'hôtel. Et de me prodiguer tes conseils pour mes projets, tu sais, ceux dont je t'ai parlé hier soir.

— Bien sûr. Et ça m'aidera à passer le temps.

Elle se rendit compte qu'elle croisait subrepticement les doigts derrière son dos... A l'approche d'une liberté conditionnelle, les prisonniers se trouvaient-ils dans le même état d'esprit qu'elle en cette seconde ? Yan l'avait tellement rendue méfiante !

— Merci, Eleanor, dit-il en se levant. J'espère que les jours qui te restent à passer ici s'écouleront aussi rapidement que tu le souhaites.

⁂

De fait, jamais Eleanor ne trouva le temps aussi long. Et elle commença à s'interroger. Yan avait-il eu une prescience de ce qui allait se passer une fois qu'elle aurait accepté ses conditions ? Qui sait s'il n'avait pas prévu que la situation lui paraîtrait plus insupportable encore qu'auparavant ? Car le climat de sensualité qui s'était installé entre eux devint de jour en jour plus irrespirable...

Une fois cet étrange pacte conclu sous l'olivier, Yan garda ses distances. Mais Eleanor s'aperçut, à sa grande consternation, qu'il n'avait pas besoin de poser la main sur elle pour qu'elle perde tous ses moyens. Un regard, un sourire amusé ou vaguement ironique suffisaient à la plonger dans un émoi indescriptible. Et si d'aventure il s'approchait trop près d'elle, elle sentait son cœur s'emballer.

Et, pour ne rien arranger, Eleanor ne voyait pas Yan à l'hôtel seulement, pendant le travail. Il organisait des balades en mer ou à la plage, des piques-niques, des promenades à cheval, bref, une foule de sorties et d'activités pour Christophor. Bien évidemment, il tenait à ce qu'Eleanor fût de la fête. Elle savait qu'il voulait passer le plus de temps possible avec son fils avant le départ. Si seulement il s'était montré caustique, accusateur, hostile envers elle ! Mais non, Yan Diamakis faisait assaut de gentillesse, d'humour, et elle devait admettre, même si ça l'agaçait profondément, qu'elle trouvait sa compagnie très agréable. Qu'avait-il en tête, exactement ? Elle n'aurait su le dire.

Comment faisait-il ? Elle se languissait, pour sa plus grande honte, elle le désirait toujours aussi fort, alors que lui... Lui, il semblait avoir réussi, du jour au lendemain, à faire l'impasse sur le déchaînement de la passion.

La veille de la fête de Christophor, après une heure de ski nautique, ils prenaient un café au bar de la plage quand Yan l'informa soudain que ses affaires l'appelaient régulièrement à Londres.

— J'aimerais rendre visite à Christophor quand je suis en Angleterre.

— Oui... bien sûr.

Et si ces soi-disant voyages d'affaires à Londres cachaient un piège ? Elle le regarda à la dérobée. Il était tellement viril, tellement séduisant, qu'elle éprouva un besoin soudain de tendre la main pour le toucher. Et elle eut toutes les peines du monde à refréner cette folle envie. Baissant les yeux, elle remua le sucre dans son café d'un geste rageur. Jamais elle ne pardonnerait à Yan Diamakis de lui avoir imposé cette semaine avec lui dans ces conditions insoutenables ! Car il était vraiment insoutenable de désirer un homme et en même temps de le haïr avec autant de force...

— Pourquoi ne me l'as-tu pas dit plus tôt que tu allais à Londres pour tes affaires ? se sentit-elle obligée de demander.

— Je ne vois pas pourquoi je t'en aurais parlé.

— Tu ne vois pas ? Eh bien, moi, je vois ! Tu n'en as pas soufflé mot tant que tu espérais me garder prisonnière en Grèce, n'est-ce pas ?

— « Prisonnière », tu n'as que ce mot-là à la bouche, ça devient lassant, à la longue ! A t'entendre, on croirait que je suis un tyran borné et ignare, incapable d'imaginer qu'un monde existe au-delà des frontières de son pays ! Dis-moi donc ce qui te surprend en apprenant que je parcours la planète ? Pourquoi un tel étonnement quand tu découvres que je suis peut-être, après tout, un être humain relativement civilisé ?

— Justement, pourquoi devrais-je m'en étonner, hein ? fit remarquer Eleanor avec un petit sourire caustique.

Yan se rembrunit et sa voix devint menaçante :

— Ne me pousse pas à bout, Eleanor ! Le sang-froid dont j'ai fait preuve est exemplaire... C'est lui qui m'a aidé à supporter tes accusations insensées !

— Quelles accusations ? Explique-toi, voyons !

— M'accuser, si je t'épousais, de te quitter un jour pour une autre femme ! Ou pis, de t'enfermer dans Dieu sait quelle geôle ! As-tu oublié que ma mère était aussi anglaise que toi ? Elle a mené une vie tout à fait normale, et libre, mariée à mon père, et ils ont été très heureux ensemble. Sais-tu ce que j'éprouve, en as-tu la moindre idée, quand je t'entends débiter des inepties pareilles ? Le fait même que tu puisses y croire, sais-tu l'effet que ça me fait ?

Il ne la quittait pas des yeux et elle rougit.

— Sofia m'a dit...

Eleanor s'interrompit brusquement. Elle se rappelait une conversation analogue et Yan s'était moqué d'elle, alors.

— Laura m'avait mise en garde, reprit-elle. Elle m'avait appris qu'ici les choses ne se passaient pas comme en Angleterre. Par exemple, regarde un peu ce que tu as fait avec mon passeport !

— Ton passeport constituait ma seule garantie que tu ne t'enfuirais pas, selon ton habitude.

— Tu vois ? Tu n'as même pas de remords !

Eleanor se leva, repoussa sa tasse vide.

— Je vais voir si Evangelie a besoin d'aide, elle est en train de préparer les gâteaux pour demain.

— N'oublie pas de refaire ta valise, lui recommanda Yan d'un ton sarcastique. Demain, la liberté que tu attends depuis si longtemps s'offre à toi, Eleanor.

— Parce que tu imaginais que j'avais pu oublier? lui lança-t-elle par-dessus son épaule en s'éloignant.

Si seulement son cœur voulait bien se mettre au diapason de sa raison! songeait-elle. Si seulement la logique pouvait l'emporter sur les sentiments!

— Ma chère Eleanor...!

Le père de Yan, Alexandros Diamakis, se détacha de la foule des invités pour s'approcher de la jeune femme, les bras grands ouverts.

— Quel plaisir de vous revoir à Skiathos! ajouta-t-il en l'embrassant avec chaleur. Mais votre verre est vide! Venez que je vous serve quelque chose à boire...

Il l'entraîna aussitôt vers un des buffets.

— Moi aussi, je suis ravie de vous revoir, dit Eleanor en souriant.

Depuis le matin, la fête en l'honneur de Christophor battait son plein. Ce soir, il y avait, en plus, un orchestre engagé pour la circonstance. Et en ce moment même, les bouzoukis, guitares et autres violons jouaient de beaux airs du folklore grec. Des serveurs, employés de l'hôtel, circulaient dans l'assistance en portant de grands plateaux chargés de pâtisseries traditionnelles.

Comme une digue qui se rompt, le passé déferla dans la mémoire d'Eleanor, sans qu'elle puisse le refouler. Alexandros Diamakis avait été le seul membre de la famille à approuver le mariage de son fils unique avec elle, quatre ans plus tôt. Contrairement à Sofia et à la famille Theopolou dans son ensemble, il s'était montré compréhensif et chaleureux. Ce soir, tout le monde avait répondu présent, sembla-t-il à Eleanor qui voyait de loin les cadeaux qu'on offrait à Christophor. Certains invités lui apportaient un joli vêtement, d'autres des bonbons, et d'autres encore des fleurs. Tous, en tout cas, célébraient l'arrivée dans le clan d'un nouveau membre qu'ils n'attendaient pas...

— Vous êtes ensorcelante d'élégance, ma chère Eleanor, dit soudain Alexandros en jetant un regard admiratif à sa toilette.

Eleanor décela une pointe d'humour dans sa voix, et elle sourit, un peu gênée tout de même. Car la robe qu'elle avait choisie ne correspondait pas vraiment à ses goûts, il fallait bien l'admettre. En début de semaine, elle s'était rendue en ville pour s'acheter une toilette digne de sa dernière soirée à Skiathos. Elle avait cherché un modèle qui lui donnerait de l'assurance sous les regards hostiles du clan Diamakis-Theopolou. Résultat, elle avait acheté très cher dans une boutique très chic un fourreau de soie rouge au motif vaguement oriental. Devant, il montait très haut, mais dans le dos, le décolleté était audacieusement plongeant. De plus, la jupe était fendue d'un côté jusqu'à mi-cuisse. Eleanor s'imaginait que, ainsi vêtue, elle ressemblait sans aucun doute à l'image que la famille de Yan se faisait d'elle...

Avec sa chevelure retombant en cascade sur son dos nu, un maquillage discret et des sandales à talons aiguilles, elle ne passait pas inaperçue, loin de là. Une vraie vamp, insolemment *glamour*...

Mais, ô surprise, le clan se montrait aimable. Tous lui avaient souri, serré la main, en lui exprimant leur joie de la revoir. Une joie sincère, elle le voyait bien.

Maria Theopolou elle-même lui avait adressé un sourire avenant de loin, et Eleanor n'en avait pas cru ses yeux. Alors, maintenant, dans sa tenue de femme fatale, elle commençait à se trouver plutôt bête.

Alexandros lui parlait et Eleanor essaya de se concentrer sur la conversation.

— J'étais en Angleterre, expliquait-il, et je suis allé rendre visite à la famille de ma femme. J'en ai profité pour jeter un coup d'œil aux nouveaux hôtels de Yan, là-bas. J'ai appris votre retour avant-hier seulement. Yan m'a téléphoné pour m'inviter à la fête donnée en l'honneur de Christophor...

— Mon retour ? répéta Eleanor à mi-voix.

Bien sûr, la nouvelle que Yan possédait des hôtels en Angleterre lui causait un choc. Mais elle avait surtout retenu ce mot — *retour*. Il avait quelque chose de trop... définitif. Trop irrévocable. Elle se devait, par honnêteté, de dissiper tout de suite tout malentendu.

— Yan ne vous a donc pas dit que je m'en allais demain ?

Alexandros l'observa un instant en silence, le regard soudain inquiet.

— Ma chère enfant, je pensais que Yan...

Il se tut un moment, visiblement déconcerté.

— Eleanor, reprit-il enfin, ne laissez pas mon entêté de fils vous pousser à précipiter les choses...

— Oh, mais ce n'est pas le cas ! répondit Eleanor avec un petit rire. Yan n'exerce aucune pression sur moi, poursuivit-elle. Je m'en vais, parce qu'il faut que je m'en aille, voilà tout.

— J'espère ne pas me montrer trop indiscret, ma chère Eleanor, mais avez-vous une idée de l'état dans lequel votre départ l'a plongé, voici quatre ans ?

— Pardon ?

Jetant un coup d'œil distrait dans la foule, Eleanor aperçut Christophor qui riait et courait comme un fou entre les jambes des invités, les neveux d'Evangelie à ses trousses. Mais Yan n'était nulle part en vue. Pas plus que Sofia, d'ailleurs...

— Les six mois qui ont suivi votre départ, il les a passés à essayer de retrouver votre trace, expliqua Alexandros. Sa quête tournait à l'obsession ! Et puis, l'été suivant, votre amie Laura lui a rapporté que vous étiez mariée et heureuse. Alors seulement, il a abandonné ses recherches.

— Laura ? s'étonna Eleanor dont le cœur se mit curieusement à battre plus vite. Mais je ne lui avais jamais demandé de dire cela...

— Elle l'a fait, en tout cas. Vous imaginez alors l'état d'esprit de Yan en recevant votre lettre, en apprenant qu'il avait un fils ?

Alexandros Diamakis parlait sur un ton beaucoup plus animé, à présent.

— Yan serait furieux contre moi s'il savait que je m'immisce dans vos affaires, Eleanor. L'orgueil a toujours été son plus vilain défaut...

— Mais il était fiancé à Sofia. Il ne me l'avait pas dit ! Et quand il a su que j'attendais un bébé, il a voulu m'épouser, mais uniquement pour cela...

— Ma chère enfant, ou bien vous sous-estimez l'intelligence de mon fils, ou alors vous surestimez son sens du devoir et de l'honneur... !

— *Kalispera*, père. Eleanor.

En entendant le timbre grave de Yan, ils se retournèrent d'un même mouvement, tous les deux. Eleanor vit tout de suite que Yan détaillait sa tenue d'un œil ironique. Lui, comme toujours, était impeccable en pantalon gris clair, chemise de soie rose pâle et cravate à motif floral assorti. Encore une fois, la jeune femme regretta d'avoir choisi ce fourreau trop vif et trop moulant.

— C'est intentionnel, Eleanor? La dame en rouge défiant la famille qui désapprouve?

Atterrée, Eleanor sentit ses joues s'empourprer.

— Voilà qui n'est pas très galant, Yannis, lui fit remarquer son père. Je te garantis que la robe d'Eleanor va faire monter la température de tous les hommes au sang chaud qui sont ici ce soir. Moi, c'est sûr, je suis pour!

Son humour, hélas, ne parvint pas à empêcher l'atmosphère de s'alourdir.

— Je ne suis pas aveugle, papa, répliqua sèchement Yan. Eh bien, Eleanor, mon père t'a-t-il harcelée pour que tu appelles Christophor Alexandros, comme le veut la tradition grecque?

— Heu... non...

Eleanor les regarda à tour de rôle, le père et le fils, comprenant brusquement. La tradition, bien sûr... On donnait le prénom de son grand-père paternel au fils premier-né.

— Je suis désolée, murmura-t-elle avec un regard contrit en direction d'Alexandros. Ce n'était pas du dédain, ni rien de ce genre, je vous assure...

— Allons, n'y pensez plus, mon petit, la rassura Alexandros, qui ajouta à l'intention de son fils : J'étais juste sur le point de donner un conseil à ta belle Eleanor sur un sujet beaucoup plus important...

— Malheureusement, elle n'est pas *ma* belle Eleanor! Elle va se marier avec quelqu'un d'autre que moi — un psychopathe du nom de Geoffrey Terence-Evans.

— Un *homéopathe*! rectifia vivement Eleanor, mécontente.

— Oui, un *homéopathe* !

— C'est vrai, Eleanor? demanda Alexandros qui semblait un peu perplexe.

— Eh bien...

— Je suis peut-être partial, mais je vous conseille d'épouser Yan, ma petite Eleanor. Seulement, faites bien comprendre à mon fils qu'il n'est pas le maître ! J'ai été très heureux en ménage avec Charlotte, mon épouse, mais pas avant d'avoir compris qui portait la culotte à la maison ! Vous me suivez, Eleanor?

— Père, fit Yan, soudain agacé, sois gentil, ne te mêle pas de ce qui ne te regarde pas !

— J'ai dit tout ce que j'avais à dire, répondit Alexandros avec bonne humeur.

Il posa une main sur l'épaule de son fils et sourit à Eleanor.

— Excusez-moi, mes enfants, je vous laisse. Il me semble avoir vu Sofia arriver...

Eleanor le suivit des yeux et aperçut Sofia qui entrait sur la terrasse, un sourire aux lèvres, un joli paquet-cadeau à la main. Alexandros l'accueillit avec effusion. Eleanor, qui les observait de loin, eut la nette impression qu'il se montrait particulièrement chaleureux et empressé avec sa nièce par alliance. Le faisait-il à dessein? se demanda-t-elle. Pour la tenir à distance de Yan et d'elle-même? En tout cas, Sofia était superbe ce soir, en pantalon moulant noir et blouse diaphane en lamé de soie gris et blanc qui mettait en valeur ses bijoux en argent. Cette élégance sobre finit de mettre Eleanor mal à l'aise dans son fourreau rouge vif. Comme il lui tardait que cette soirée s'achève !

— J'avais oublié à quel point ton père m'était sympathique, dit-elle soudain en levant les yeux vers Yan.

— J'ai toujours eu l'impression que c'était réciproque. Dommage que je n'aie jamais réussi à monter aussi haut dans ton estime !

— Nous avions conclu un pacte, me semblait-il, lui rappela Eleanor d'un ton acerbe.

Yan l'enlaça étroitement.

— Chut, Eleanor, parle plus doucement... Nous devrions donner l'image d'un couple uni, ce soir, pour Christophor. Tu n'es pas d'accord ?

— Je...

— Bien sûr que tu es d'accord, murmura-t-il.

Ses yeux sombres démentaient la douceur de son sourire, et Eleanor frissonna. Il la tenait toujours étroitement enlacée quand Christophor surgit devant eux, venant les voir pour leur exprimer sa joie.

— Maman, Papa ! J'aime ma fête ! J'ai plein de cadeaux !

Sans lâcher Eleanor, Yan se pencha et, de son bras libre, souleva Christophor en lui souriant tendrement.

— Tant mieux, mon bonhomme ! *Chronia polla*, bonne fête !

Sans doute incarnaient-ils aux yeux d'autrui le bonheur parfait, en ce moment, songea Eleanor. La famille de rêve ! Quel tableau idyllique ! Et le spectacle avait de tels accents de sincérité qu'elle aurait pu tout oublier et jouer le jeu...

Stefan Theopolou, tout endimanché, menait le bal. Sous sa conduite, un groupe d'hommes dansait le sirtaki. La plus belle danse du folklore grec, sans doute, pleine de grâce et de dignité. Un rythme sensuel aussi qui ne laissait jamais indifférent.

— Viens danser, ordonna Yan. Tu te rappelles les pas du sirtaki ?

— Non, j'ai oublié, répliqua Eleanor.

— Alors, je vais te les réapprendre...

Les rires, la musique, la joie de Christophor qui les regardait danser, le son des bouzoukis, tout contribuait soudain à déstabiliser Eleanor. Allait-elle pouvoir contenir ses émotions longtemps encore? Il faisait presque nuit à présent, une belle nuit d'été, chaude et parfumée, avec un ciel de velours qui se constellait d'étoiles.

Au bout d'un moment, Eleanor croisa le regard furieux de Sofia qui les observait de loin. Pourquoi cette colère? s'étonna-t-elle. Sofia aurait dû savourer son triomphe, puisque sa rivale avait choisi de s'éclipser, le lendemain même.

Déroutée par la haine qu'elle lisait dans les yeux gris de Sofia, Eleanor s'écarta de Yan dès que le sirtaki s'acheva. Autour d'eux, on riait, on applaudissait, tandis qu'elle cherchait désespérément un prétexte pour fuir la fête. A cet instant, Yan se pencha et l'embrassa longuement sur les lèvres.

Prise au piège d'une situation pour le moins ambiguë, que pouvait-elle faire, sinon demeurer de glace et attendre que cela cesse? Yan resserra alors son étreinte, promenant ses mains sur son dos nu. Comme elle étouffait un petit cri, sous le choc, il murmura contre sa joue en riant :

— Quel calvaire, tous ces jours sans même pouvoir t'effleurer!

— Tu as toujours Sofia... si tes mains te démangent! riposta Eleanor.

— Mais ce n'est pas Sofia dont j'ai envie quand les mains me démangent, comme tu dis!

— Il est tard, Yan, je dois mettre Christophor au lit...

— Je vais t'aider, Eleanor...

— *Non!* cria-t-elle presque. Yan... je t'en prie... tu as... bon, ça suffit maintenant! Je suis restée jusqu'à ce soir... j'ai tenu ma promesse... Alors, s'il te plaît... laisse-moi tranquille... je t'en prie!

Yan laissa retomber ses bras, le visage fermé.

— Tu ne comprends donc pas, Eleanor? Tu n'es pas obligée de partir. En fait, je ne veux pas que tu partes.

Seule sa voix témoignait d'une émotion contenue. Mais c'était de la colère.

— Il le faut. Au revoir, Yan.

Il se tut, la scrutant de son regard pénétrant. Lisait-il en elle? Savait-il le combat qu'elle livrait en cet instant au fond de son cœur?

Etouffant un sanglot, Eleanor se détourna, s'enfonça dans la foule, et partit à la recherche de Christophor.

Même avec l'aide d'Evangelie, baigner et coucher Christophor lui parut une tâche épuisante, ce soir-là. Après un dernier câlin pour la nuit, Eleanor éteignit la lumière et sortit sans bruit de la chambre de son fils pour se glisser dans la sienne. Quelques secondes plus tard, on frappa à sa porte. Elle sursauta, les nerfs à vif. Qui était-ce? Yan? Venait-il tenter sa chance une dernière fois pour essayer de la persuader de rester?

Crispée, le cœur battant, Eleanor alla ouvrir.

Sofia se tenait sur le seuil. Elle avait les yeux étrangement brillants, presque fiévreux.

— Sofia? Vous désirez quelque chose? demanda poliment Eleanor.

— Non. Je viens juste m'assurer que vous avez bouclé vos bagages, et que vous partez demain matin.

— Oui, je suis prête, répliqua sèchement Eleanor. C'est tout?

— C'est tout. A part que... Yan m'a priée de vous

remettre ceci, déclara Sofia en plongeant la main dans sa poche. *Adio*, Eleanor. Je vous souhaite un bon retour en Angleterre.

Furieuse et incrédule, Eleanor reconnut son passeport, que Sofia sortait de sa poche et lui tendait d'un air suffisant.

# 9.

Déjà, l'hôtesse appelait les passagers du vol pour Londres. Eleanor accomplit les formalités avec une fébrilité croissante à chaque étape. L'enregistrement des bagages, d'abord, puis le contrôle des passeports, la salle d'embarquement, et enfin, elle sortit sur la piste.

Là, elle regarda Christophor qui trottinait à son côté, vêtu d'un short rouge et d'un T-shirt assorti. Puis elle se retourna pour jeter un dernier coup d'œil aux bâtiments de l'aéroport. Ils brillaient comme un mirage dans la chaleur qui montait du bitume.

L'avion les attendait à quelques mètres. Elle avait gagné, songea Eleanor. Elle avait obligé Yan à la laisser partir, à la laisser quitter la Grèce en emmenant son fils qu'il adorait. Alors, pourquoi ne se sentait-elle pas soulagée ? Voire transportée de joie ?

Peut-être parce qu'elle ne lui faisait pas encore totalement confiance. N'aurait-elle le sentiment d'être réellement libre et en sécurité qu'à sa descente d'avion à Londres, avec Christophor de retour, sain et sauf, dans son pays natal ?

— Papa viendra nous voir ?

Fatigué sans doute parce qu'il s'était couché très tard et levé tôt, Christophor était grincheux, ce matin.

— Bien sûr, mon cœur...

Afin de réduire au minimum cet interminable voyage pour Christophor, ils passeraient la nuit à Londres chez une amie, avant de prendre le train pour Newcastle le lendemain. Il n'y avait aucune raison pour que surgisse une anicroche de dernière minute qui compromettrait sa fuite..., pensa Eleanor qui n'en finissait pas d'essayer de se rassurer.

Et si Yan se montrait avant le décollage? S'il s'était arrangé d'une façon ou d'une autre pour soulever quelque problème légal de dernière minute? Et s'il pouvait lui arracher Christophor en toute légalité?

Yan aimait tellement Christophor qu'il aurait été probablement capable de tout, elle s'en était bien rendu compte depuis son arrivée à Skiathos. Et si elle avait encore eu des doutes à ce sujet, ils se seraient dissipés la veille au soir, quand Yan avait fait ses adieux à Christophor. Que ne lui avait-il jamais parlé ainsi, à elle...! Que ne lui avait-il fait le serment de l'aimer toujours plus que tout au monde, d'être toujours là pour elle, comme il l'avait juré à Christophor d'une voix que l'émotion altérait?

Au lieu de cela, l'intérêt que lui portait Yan Diamakis s'était achevé comme il avait commencé — par le seul désir charnel...

Eleanor frissonna au souvenir de son dernier baiser devant tous les invités, et de cette lueur qui brillait dans les yeux de Yan au moment où il avait relâché son étreinte. Savait-il qu'elle était au désespoir de ne pas pouvoir répondre à son baiser? Et que malgré tout, elle l'aimait toujours aussi fort...?

Sa nervosité commença à s'atténuer quand Eleanor

arriva au pied de l'avion. Dès qu'elle trouva leurs places à bord, et qu'elle rangea leurs bagages à main dans le casier au-dessus de leurs têtes, elle se sentit déjà beaucoup mieux. Et sa fébrilité s'apaisa tout à fait une fois qu'ils furent assis. A présent, ils étaient vraiment libres de partir, c'était un fait acquis ; personne n'avait surgi pour l'empêcher de quitter la Grèce avec son fils et de le ramener en Angleterre...

Maintenant que la peur s'était dissipée, Eleanor éprouvait un curieux sentiment de vide. De plus, sa victoire la plongeait dans une troublante incertitude. Contre toute attente, les images qui s'imposaient à son esprit, lorsqu'elle fermait les yeux, n'étaient ni le sourire moqueur de Yan ni le regard arrogant de Sofia qui lui remettait son passeport. Non, elle voyait le visage douloureux de Yan au moment où elle le quittait. Cela, c'était la première image ; venait, tout de suite après, la fête avec la joie, la chaleur, l'amour qui y régnaient. La fête de famille où tout le monde lui avait dit un mot gentil. Cette réunion du clan s'était déroulée dans une atmosphère de liesse et de ferveur à l'opposé de ce qu'elle avait redouté.

Une famille s'installa non loin d'eux, de l'autre côté de l'allée centrale. Les deux enfants, très jeunes, s'assirent avec beaucoup d'agitation, tandis que les parents échangeaient un regard de connivence où se mêlaient l'humour et la résignation. La famille, l'unité, le partage... Les liens solides, aussi. L'enfance était faite de tous ces éléments réunis. Cette enfance-là, Christophor ne la méritait-il pas ?

Cette pensée accentua encore l'impression de vide que ressentait Eleanor. Maintenant que la cage s'ouvrait, elle se rendait compte qu'un grave cas de conscience se posait à elle, remplaçant la farouche résolution qu'elle avait prise de fuir ce pays... Ses émotions se livraient à une curieuse valse hésitation. Après tout, rester en Grèce avec Yan, était-ce une perspective tellement impensable... ?

Les propos que Yan lui avait tenus au moment des adieux lui revenaient sans cesse à l'esprit. « Tu n'es pas obligée de partir », avait-il dit, et « Je ne veux pas que tu partes »...

Encore cette incertitude, si angoissante... Yan n'était peut-être pas amoureux d'elle, mais il adorait son fils. Et si elle lui laissait une chance de prouver qu'il voulait réellement donner une famille à Christophor ? Après tout, elle en avait la force et le dynamisme...

Oui, mais il y avait Sofia... Or, sur ce terrain-là aussi, sa perspective s'était modifiée. Pouvait-elle réellement accorder du crédit aux propos de sa rivale ? Car enfin, Yan aurait-il chargé Sofia de lui remettre son passeport, alors qu'il était entré dans une colère noire contre elle à la taverne de Stefan Theopolou... ? Non, la sournoise Sofia avait une fois encore fait des siennes, vraisemblablement — elle avait trouvé le passeport et avait sauté sur l'occasion de s'offrir une ultime méchanceté.

Tout se mettait en place avec une logique qui soudain donnait le tournis à Eleanor...

Jetant un coup d'œil par le hublot en direction de l'aéroport dont les contours étaient flous dans la brume de chaleur, Eleanor reçut un choc. La vérité venait de s'imposer à elle avec la force d'une révélation : elle s'était trompée sur toute la ligne. Elle se trompait encore, et ce n'était pas juste pour Christophor. Quel manque de maturité, quel stupide idéalisme ! Elle n'était qu'une orgueilleuse, une égoïste, et son esprit romanesque la perdrait ! Comme elle se trompait en laissant l'expérience vécue par sa mère avec son père fausser ses émotions ! Et en permettant que son amour-propre et ses peurs gouvernent sa décision...

Bouleversée, les nerfs à vif, le cœur battant, Eleanor se leva soudain et attrapa les bagages à main dans le casier, avant d'arracher littéralement Christophor à son siège. Un Christophor de plus en plus irritable depuis quelques minutes, depuis qu'il se bagarrait avec sa ceinture de sécurité sans parvenir à l'attacher. Son fils dans un bras, ses bagages dans l'autre, Eleanor refit le trajet en sens inverse, croisant les passagers qui continuaient à embarquer. Elle dit quelques mots d'excuse à l'hôtesse médusée, balbutia une vague explication et redescendit la passerelle. Tout cela semblait se passer comme au cinéma, dans un film à suspense, quand la scène cruciale, une scène de panique, se déroule au ralenti...

— On retourne voir papa ? demanda Christophor quand sa mère le posa sur le tarmac.

Le regard noir très mécontent qu'il levait sur elle lui rappelait celui de Yan avec une telle acuité qu'Eleanor esquissa un sourire tremblant.

— Oui, répondit-elle d'une voix mal assurée. Oui, mon ange, nous retournons voir ton papa...

A leur retour, la villa était déserte. Toujours aussi nerveuse, Eleanor posa les bagages sur la terrasse, scrutant le jardin et la plage.

Dans la baie, une silhouette solitaire faisait du ski nautique, glissant sur les eaux bleues de la mer Egée, dans le sillage d'écume argentée d'un puissant hors-bord. Tenant Christophor par la main, Eleanor descendit dans le jardin, lentement, puis ils gagnèrent la plage.

Là, ils restèrent sous un pin, à l'ombre, tandis que la jeune femme scrutait la baie, une main en visière. Au loin, le skieur évoluait avec grâce. Ce style inimitable, cette maîtrise pleine d'élégance n'appartenaient qu'à un seul homme : Yan.

Eleanor retint son souffle. Elle était revenue de son plein gré, mais la peur la paralysait. Et Yan était là-bas, s'adonnant aux joies du ski nautique avec une incroyable insouciance...

Idiote! se dit-elle. Il se souciait bien qu'elle soit partie! Ah, elle aurait dû rester à bord de cet avion, puisque l'occasion lui était donnée de s'enfuir...!

Sans effort, comme toujours, Yan glissa au bord du rivage, puis sur le sable. Mais lorsque Eleanor sortit de l'ombre et l'appela en agitant la main, il se figea.

— Eleanor?

Sa voix était rauque, teintée d'incrédulité.

— Papa!

Christophor courut vers lui et se retrouva bientôt dans les bras de son père. La chaleur de leurs retrouvailles bouleversa Eleanor. Et elle sut qu'elle avait bien fait de revenir.

— Eleanor?

Son fils blotti contre lui, Yan venait vers elle à grands pas. Nimbé de soleil, des gouttelettes d'eau scintillant sur sa peau bronzée, il ressemblait à un dieu. Le dieu du soleil dans son royaume...

— Bonjour, Yan, murmura-t-elle faiblement.

— Papa, tu m'apprends ça?

Christophor pointait son petit doigt en direction du hors-bord qui se balançait dans la baie, près du rivage. Un moniteur du club de sports nautiques avait rejoint à bord le conducteur du canot, et ils lézardaient sur le pont, les yeux tournés vers les silhouettes sur la plage.

— Plus tard, mon bonhomme. D'abord, je crois que, maman et moi, nous avons des choses à nous dire.

La physionomie de Yan avait changé. L'émotion dans ses yeux avait cédé la place à l'ironie.

— Eh bien, Eleanor... ?

— Je suis... nous sommes de retour.

Maintenant qu'elle se tenait en face de lui, elle ne parvenait plus à trouver les mots pour expliquer les raisons d'un tel revirement.

— Oui, c'est ce que je vois. As-tu encore oublié quelque chose, Eleanor ? Pas ton passeport, cette fois, je ne pense pas.

— Je... Non, je n'ai rien oublié.

Un soupir échappa à la jeune femme. Elle n'avait pas imaginé que ces retrouvailles se révéleraient aussi pénibles.

— Nous ne pourrions pas aller ailleurs... parler en privé ? balbutia-t-elle.

Elle n'en pouvait plus, d'une minute à l'autre ses nerfs risquaient de lâcher, et elle allait se mettre à hurler.

— D'accord, répondit Yan en posant Christophor sur le sable.

Il se tourna vers la mer et cria quelque chose en grec aux deux hommes qui se trouvaient dans le hors-bord.

— Montons vers la maison, ajouta Yan à l'adresse d'Eleanor.

Le canot s'était rapproché et Yan alla récupérer son jean, ses espadrilles et un T-shirt. Puis il sortit un trousseau de clés de sa poche.

— Je passe un coup de téléphone à Evangelie, dit-il dès qu'ils furent dans le vestibule de la villa. Elle va venir s'occuper de Christophor.

Moins de dix minutes plus tard, Evangelie arrivait. Christophor recouvra sa bonne humeur en apprenant qu'il allait revoir ses compagnons de jeux. Ragaillardi par un verre de jus de fruits et des biscuits, il accepta joyeusement de suivre Evangelie chez sa sœur qui habitait le village.

— Nous voici seuls, Eleanor, remarqua Yan en revenant sur la terrasse avec un plateau.

Eleanor était assise dans un fauteuil en osier; il posa le plateau sur un guéridon et servit le café.

— Vas-y, explique-moi pourquoi tu es revenue, dit-il en s'asseyant en face de la jeune femme.

— Est-ce vraiment nécessaire? lança-t-elle, les nerfs à vif. Tu dois savourer ta victoire, n'est-ce pas?

— La victoire? répéta-t-il avec un peu d'amertume dans la voix. Dans quel sens l'entends-tu, Eleanor?

— Oh, je t'en prie! Tu voulais que je t'épouse pour le bien de Christophor. Me voici. Je t'épouse, si tu veux toujours de moi...

Un silence tendu suivit cette déclaration. Eleanor se demandait combien de temps elle allait endurer cette souffrance sans s'effondrer.

— Eh bien? chuchota-t-elle. Tu veux toujours de moi?

Yan lui parut méconnaissable tant son visage s'était durci. Il la dévisageait de ses yeux sombres, singulièrement brillants.

— Qu'est-ce qui t'a fait changer d'avis, Eleanor?

— Le... le fait que tu m'aies laissée partir, peut-être? Avec Christophor...

— *Quoi?*

— Je... c'est vrai, Yan! C'est cela qui me faisait le plus peur, je crois : que tu ne laisses plus jamais Christophor repartir. Que tu te livres à toutes sortes de machinations pour le garder ici, en Grèce.

— Tu n'étais pas loin de la vérité, admit Yan avec un petit sourire sans gaieté.

— Et pourtant, tu m'as laissée l'emmener. Je... j'étais dans l'avion. Et soudain, je me suis rendu compte que j'étais libre de partir, et...

— Et tu t'es dit que tu n'en avais plus envie? acheva-t-il à sa place, cinglant. Et si moi j'avais changé d'avis, ma douce, tu y as pensé?

— Yan...

— Et si je ne voulais plus de ce martyre que tu es prête à subir pour le bien de notre enfant?

Sidérée, Eleanor écarquilla les yeux.

— Moi qui croyais que tu aimais Christophor! s'exclama-t-elle.

— Je l'aime, Eleanor. Je l'aime plus que moi-même! Mais peut-être ai-je en moi plus d'orgueil que je n'imaginais. Je ne suis plus sûr du tout d'avoir le courage de passer le reste de ma vie avec une épouse qui me méprise!

Eleanor sentit qu'elle rougissait jusqu'à la racine des cheveux.

— Yan, il me semblait que Christophor passait en priorité. Si moi, je suis prête à me marier sans amour, pour son bien, alors...

— Non, ne recommence pas avec ton mariage de raison! Si nous nous marions, Eleanor, ce sera un mariage au sens complet du terme!

— Oui. Je sais.

— Tu espères que je vais accepter de dormir dans le même lit que toi en imaginant que, toutes les nuits, tu te languis de ton Geoffrey Terence-Evans? Et que, chaque fois que nous faisons l'amour, c'est à lui que tu penses?

— Mais je ne suis pas amoureuse de Geoffrey!

— Dans ce cas, pourquoi te préparais-tu à l'épouser ?

— Non, je n'allais pas l'épouser..., avoua piteusement Eleanor. Il m'a demandée en mariage à plusieurs reprises, et je me suis servie de cela pour... enfin... comme réflexe d'autodéfense ! Quant à me languir de lui en faisant l'amour, c'est peu probable ! Parce que je ne me suis jamais donnée à lui.

— Tu n'es pas obligée de me mentir, Eleanor, fit remarquer Yan d'un ton caustique après un court silence. J'ai l'esprit large, quoi que tu puisses penser.

— Je ne mens pas. Geoffrey est un ami, rien de plus. Il m'a emmenée au restaurant, au cinéma, au théâtre, bien sûr, mais si tu veux savoir toute la vérité... eh bien... après toi, Yan, il n'y a eu personne d'autre.

— Et tu espères que je vais croire une chose pareille ?

— Crois ce que tu veux.

Cette fois, Eleanor sentait le désespoir la gagner. Elle perdait son temps. Dire qu'elle avait été assez stupide pour revenir ! Comme si elle n'avait pas été suffisamment humiliée auparavant ! En ce moment, si elle n'avait pas fait demi-tour, elle se trouverait déjà à Londres, en route pour le quartier où vivait son amie. L'embarras et l'appréhension qu'elle éprouvait un peu plus tôt avaient cédé la place à la colère et à l'indignation.

— Ecoute, Yan, j'essaie de te parler en toute franchise ! Et si je suis revenue...

Elle hésita, puis rassembla tout son courage pour continuer :

— Puisque tu tiens tant à le savoir, je suis revenue parce que je t'aime !

Durant quelques secondes, les mots parurent résonner dans le silence. Comme Yan ne réagissait pas, la jeune femme reprit avec fougue :

— Dieu sait pourquoi je t'aime, d'ailleurs ! Mais le fait est là : je t'aime ! Alors, si je suis revenue, ce n'est pas uniquement pour Christophor. C'est aussi pour moi. Parce que je... je ne peux plus retourner en Angleterre alors que je tiens toujours tellement à toi...

Elle s'interrompit, le souffle court, mais en rencontrant le regard froid de Yan, elle comprit qu'elle avait joué sa dernière carte... et perdu la partie.

— Ne viens pas me parler d'amour-propre, Yan ! s'écria-t-elle avec rage. Le mien n'existe plus... tu viens de le piétiner ! Nous avons encore le temps de prendre un autre vol, tout à l'heure, ajouta-t-elle en se levant.

Comme elle se détournait en chancelant, il se leva d'un bond et la retint par le bras.

— Eleanor... ? murmura-t-il d'une voix rauque. Tu ne me racontes pas des mensonges ? Tu m'aimes, c'est vrai ?

— Bien sûr que c'est vrai, espèce d'idiot ! cria-t-elle, au bord des larmes.

— Idiot ? C'est ainsi que tu le vois, l'homme que tu aimes ? Comme un idiot ? remarqua-t-il avec humour.

— Oui ! Et bien pis encore ! Tu es... arrogant, dominateur, cruel, sans cœur...

— Assez, ma douce ! Trop de flatterie me gêne...

— Et de plus, tu n'as même pas le courage de me dire si tu m'aimes !

Yan la contempla en silence, gravement, l'espace d'une seconde ou deux.

— Alors, c'est que l'orgueil est mon plus vilain défaut, répondit-il enfin. Je t'aime depuis si longtemps, Eleanor !

— Tu ne me l'as jamais dit ! Jamais !

— Si je n'ai jamais prononcé ces mots, c'est à cause de ma couardise, de ma peur, de mon orgueil... Tu m'as qualifié de... toutes sortes de choses. Eh bien, oui, je suis tout cela ! Mais crois-moi, je t'aime !

— Vraiment ?

Eleanor se tourna vers lui, et esquissa un timide sourire tandis que l'espoir renaissait dans son cœur.

— Ne doute jamais de moi, dit-il en l'attirant contre lui.

— Alors, dis-moi encore que tu m'aimes... dis-le-moi encore... et encore... !

— Je t'aime, murmura-t-il avec une passion contenue. *S'agapo*, Eleanor ! Je t'aime et je te désire comme un fou. Toute la semaine, j'ai brûlé du désir de te prendre dans mes bras, de t'embrasser, te caresser... Mais mon fichu orgueil m'empêchait de poser la main sur toi. Jusqu'à hier soir, quand j'ai su que tu t'en allais...

— Oh, Yan... Moi aussi, j'ai follement envie de toi !

— Alors, il ne nous reste plus qu'une chose à faire...

La prenant dans ses bras, il l'emporta vers sa chambre.

— Ah, oui, et quoi donc ? lança-t-elle pour le taquiner, comme il la couchait délicatement sur son lit. Un massage, peut-être ? A l'ylang-ylang et au bois de santal... histoire de te mettre en train... ?

— Crois-moi, je n'ai pas besoin de cela, ma chérie !

Et pour le lui prouver, il la débarrassa de ses vêtements tout en déposant une pluie de baisers sur son corps en feu.

— Il faut que nous parlions, tout à l'heure, Eleanor, murmura-t-il entre deux baisers. Mais pour l'instant, je ne peux me concentrer que sur ceci... et ceci...

De ses mains expertes, il traçait un sillon de caresses brûlantes sur la peau nue de la jeune femme.

— Oh, Yan... je t'en supplie...! haleta Eleanor, ivre de plaisir.

— Et sur ceci...

Le supplice des jours qui venaient de s'écouler touchait à sa fin. Ils se retrouvaient, leurs doigts et leurs lèvres se reconnaissaient dans une sublime fête des sens. Riant et pleurant tout à la fois, Eleanor se laissa emporter sur les ailes de la volupté jusqu'à l'union totale avec l'homme qu'elle n'avait jamais cessé d'aimer. Cet homme qui lui offrait l'extase dans un cri...

— *Eleanor...!* Comment as-tu jamais pu douter de mon amour?

— Parce que tu ne m'avais jamais dit que tu m'aimais, répondit-elle contre son épaule.

— Tu n'avais pas besoin que je te le dise! Mes actions n'étaient-elles pas plus éloquentes que tous les mots d'amour?

— Peut-être. Mais tu te rappelles la première fois...? Je t'ai avoué mon amour. Toi, non. Jamais...

— Et toi, tu ne l'as jamais répété, lui fit-il remarquer avec humour. Alors, j'ai pris cela pour une sottise qu'une jeune fille, innocente et romantique, avait laissé échapper dans un moment de passion, pour le regretter par la suite.

— Oh, Yan...!

— Cet été-là, j'ai passé tout mon temps libre avec toi, *agapiti mou*! lui rappela-t-il. Je voulais te garder avec moi pour toujours. Mais tu étais si jeune...

— Trop jeune pour me dire que tu m'aimais?

— Je t'aimais, Eleanor! Je t'ai aimée tout de suite, dès le premier soir, quand je t'ai vue assise sur la plage, et que tu m'as regardé avec tes grands yeux candides...

Il la caressait de nouveau, des caresses appuyées et intimes qui ravivèrent leur désir.

— Et puis, j'avoue, j'avais peur, ajouta-t-il en l'embrassant dans le cou.

— Peur? De moi?

— Peur des sentiments que tu m'inspirais. On se sent très vulnérable quand on aime. En outre, la pression exercée par Sofia et ses parents m'avait rendu... prudent. Par conséquent, j'hésitais beaucoup à m'engager.

— Raconte-moi pour Sofia...

— Je t'ai déjà tout raconté. La famille — du moins le clan des Theopolou — voulait à tout prix nous marier...

— On t'a donc *obligé* à te fiancer avec elle?

— A vrai dire, après la mort de ma mère, je suis resté longtemps sous le choc. Je vivais dans une sorte d'état second qui a duré plusieurs mois. Le clan faisait pression pour que des liens plus étroits se nouent entre les deux branches de la famille. Sofia n'avait jamais caché qu'elle était éprise de moi...

Yan sentit qu'Eleanor se raidissait, et il la serra plus fort contre lui.

— La disparition de ma mère avait été une telle déchirure! reprit-il. J'en arrivais à me demander si je serais encore capable, un jour, de quelque sentiment... Alors, épouser Sofia, pourquoi pas? Seulement, quand je t'ai rencontrée, je me suis rendu compte que, jusque-là, je n'étais qu'une sorte de zombie. J'ai rompu mes fiançailles avec Sofia avant que toi et moi ne devenions amants, Eleanor, lui rappela-t-il doucement.

— Tu ne m'avais pas dit que vous aviez été fiancés...

— Je n'avais pas le sentiment que cela te regardait.

Yan lui adressa un petit sourire désabusé.

— Oui, Eleanor, je sais, cela prouve que je suis arrogant, dominateur, et... tous ces autres qualificatifs que tu m'as donnés...

Eleanor lui passa les bras autour du cou.

— Finis avec Sofia, murmura-t-elle.

— Elle a mal pris la chose, et très franchement, je n'étais guère fier de moi. Pour ma défense, je me répétais que, au moment où on nous avait fiancés, je ne me trouvais peut-être pas dans mon état normal. Sofia partait passer l'été en Toscane avec ses parents, ils ont une villa là-bas. Sans doute espérait-elle qu'à son retour, j'aurais changé d'avis, que mon aventure avec cette jeune Anglaise n'aurait été qu'un feu de paille... Quand elle est revenue, nous avons pris un verre ensemble au bar de la plage, près de l'hôtel. En apprenant qu'entre toi et moi rien n'était terminé, et que je comptais même te demander en mariage, elle s'est mise dans tous ses états...

Eleanor leva la tête vers lui et le regarda attentivement.

— Tu allais me demander de t'épouser? Avant de savoir que j'attendais un bébé?

— Oh, oui, Eleanor! Mais comme je te l'ai dit, j'avais peur. J'avais failli commettre une grave erreur avec Sofia, et bien entendu, cela me rendait vigilant. Je craignais de m'engager trop vite. Et trop tôt après cette histoire. C'est à ce moment que ton amie et collègue Laura est entrée en scène! Elle m'a vue avec Sofia. Et elle a foncé sur moi, m'a traité de sale individu perfide, et m'a lancé que tu attendais un enfant de moi. Elle aurait été mieux inspirée de me faire ces révélations en privé, pas devant Sofia. Tu penses, sachant que tu étais enceinte, Sofia avait tous les éléments en main pour lancer son offensive ! Et te faire perdre confiance. Ensuite, j'ai eu beau dire, tu étais bien décidée à mettre ma parole en doute, évidemment...

Eleanor hocha la tête, saisie de remords. Laura avait toujours été pleine de bonnes intentions, mais elle en faisait trop parfois, c'était plus fort qu'elle. Eleanor se souvint du chagrin qu'elle avait éprouvé alors en imaginant que Yan avait mis Sofia au courant. Tout ce temps, elle avait cru que c'était lui... Comme elle avait eu mal à l'idée qu'il ait pu parler de leur secret à Sofia, lui confier les raisons qui le poussaient à l'épouser, elle, Eleanor...

— Laura ne m'a pas dit que Sofia se trouvait avec toi à ce moment-là, murmura-t-elle. Mais je savais qu'elle t'avait mis au courant de ma grossesse. Ce que j'ai pu être furieuse contre elle !

Un court silence suivit cette remarque, que Yan rompit le premier.

— Tu ne m'aurais rien dit, Eleanor ? questionna-t-il d'une voix singulièrement altérée. Tu ne m'aurais pas dit que tu attendais un bébé ?

— Si, je te l'aurais dit. Mais au moment que j'aurais choisi. Tu sais, moi aussi j'avais peur. Peur d'être rejetée. Quand une jeune femme annonce à un homme qu'elle est enceinte, cela peut donner l'impression qu'elle essaye de... de le prendre au piège du mariage. Or je voulais m'assurer que la nouvelle ne te plongerait pas dans l'embarras et que tu ne te sauverais pas à toutes jambes.

— Comme tu me sous-estimes !

— C'est ce que ton père m'a dit, hier soir.

— Il me semblait bien qu'il était encore en train de s'occuper de ce qui ne le regarde pas, ce vieux bandit !

La chaleur de sa voix démentait la causticité de ses paroles.

— A propos... pourquoi ne pas m'avoir révélé que tu avais essayé de me retrouver? demanda soudain Eleanor.

Elle s'était assise dans le lit et regardait Yan d'un air de reproche.

— Et, autre chose, poursuivit-elle. Pourquoi ne pas m'avoir dit que tu possédais des hôtels en Angleterre?

— Hé, doucement — doucement ! Une accusation à la fois, s'il te plaît !

Une lueur espiègle dansait dans les yeux sombres de Yan, et Eleanor ne put s'empêcher de sourire.

— Pour répondre à ta première question, je te signale que mon amour-propre avait déjà suffisamment été mis à mal. Tu m'avais laissé un petit mot très sec pour m'annoncer que tu n'étais plus enceinte; et tu m'écrivais, en outre, que tout ce qui s'était passé entre nous n'était qu'une grosse erreur. Et puis, tu avais disparu sans laisser d'adresse... Penses-tu que j'aie pu avoir envie que tu pavoises en découvrant que j'avais passé six mois à essayer de te retrouver? Et si tu t'étais moquée de moi, crois-tu que je l'aurais supporté?

— Yan! Jamais je ne me serais moquée de toi...!

— Et puis, l'été suivant, quand j'ai revu Laura, je lui ai demandé si elle savait où tu te trouvais. Elle m'a annoncé que tu étais mariée et heureuse. Et c'est à cette époque-là que j'ai abandonné mes recherches.

— Oh, Yan...

Décidément, Laura portait une lourde responsabilité dans cette affaire ! songea Eleanor avec un mélange de colère et de tristesse.

— Si nous l'invitions à notre mariage pour lui faire une bonne blague? suggéra Yan, pince-sans-rire.

Eclatant de rire, Eleanor approcha son visage de celui de son compagnon et posa ses lèvres sur les siennes. Une caresse que Yan transforma aussitôt en baiser passionné. D'autres caresses suivirent, ardentes, qui réveillèrent leur désir. Et toute conversation cohérente se révéla impossible pendant un très long moment.

Plus tard — beaucoup plus tard —, Eleanor ouvrit les yeux et s'étira langoureusement.

— Tu ressembles à un chaton engourdi de sommeil, murmura tendrement Yan.

— A notre retour, quand je t'ai vu faire du ski nautique, je me suis dit que tu n'étais qu'une brute sans cœur, dit-elle en se blottissant contre lui.

— Je t'avais donné ma parole d'honneur que je te laissais partir. Pourtant, cent fois j'ai failli sauter dans ma jeep pour aller à l'aéroport et t'empêcher de prendre cet avion! Alors, pour combattre ce désir fou, je n'ai pas trouvé meilleur remède que le ski nautique...

— Au fait, c'est *toi* qui as envoyé Sofia me rendre mon passeport, hier soir? interrogea Eleanor qui venait juste de se souvenir de ce détail.

— A ton avis?

Eleanor se mit à rire doucement.

— J'y ai réfléchi dans l'avion, Yan. D'abord, je me suis dit que tu avais voulu te montrer méchant. Et puis, aussitôt, j'ai opté pour une autre hypothèse, bien plus probable. C'était une ultime manigance de Sofia, dictée par le dépit et la rancœur...

— Dieu soit loué, tu as subitement vu la lumière! s'exclama Yan avec humour. Elle a trouvé ton passeport sur mon bureau, à l'hôtel. Mon intention était de te le remettre ce matin, à la première heure...

— Tu attendais la dernière minute, c'est cela ? lança gaiement Eleanor pour le taquiner.

— Bien entendu ! Tous les prétextes étaient bons pour te voir, et pour essayer de te convaincre que tu commettais une erreur...

— Une erreur monumentale ! l'interrompit Eleanor, les yeux brillants de bonheur.

— Effectivement, acquiesça Yan. J'ai aussi utilisé ma force de persuasion afin que tu restes jusqu'à la fête de Christophor. Eh bien, cela aussi, c'était une ruse ! Je tenais à te montrer que la famille était de notre côté. Et en même temps, je voulais prouver à Sofia que vous étiez toute ma vie, Christophor et toi.

— Oh, Yan... Me pardonnes-tu d'avoir douté de toi ?

Pour toute réponse, Yan l'embrassa avec une passion qui effaçait toutes ses incertitudes, si elle en avait encore.

— Oh, mais j'y pense..., fit-elle soudain remarquer en reprenant son souffle. Mes bagages sont partis dans l'avion pour Londres ! Je n'ai plus avec moi que le petit tailleur que je portais pour le voyage... Et Christophor ? Lui non plus, il n'a plus rien... !

— Aucun problème, nous irons courir les boutiques ! Mais... j'ai même une bien meilleure idée...

Yan l'enlaça plus étroitement, recommençant à lui prodiguer de délicieuses caresses.

— Tu pourrais rester dans ce lit avec moi jusqu'au retour de tes bagages ! acheva-t-il en riant.

— Te rappelles-tu ma passion pour la mythologie grecque ? chuchota-t-elle.

— Comment aurais-je pu oublier, Eleanor ?

— Dans l'Antiquité, le temple d'Apollon, à Delphes, était considéré par les Grecs comme le centre de la Terre. Tu le savais ?

— Je suis grec, non ? Tu t'imagines que je ne connais pas la mythologie de mon pays ?

— En y réfléchissant bien, si tu me fais penser à Apollon, ce n'est pas seulement à cause de la légende de la nymphe Daphné..., lança-t-elle, taquine. Non, il y a deux autres raisons. D'abord, tu es distant et énigmatique, et cela te rend inaccessible comme un dieu de l'Olympe...

— *Inaccessible ?* Moi ?

— Et la seconde raison, c'est que tu es le centre de mon univers, acheva-t-elle amoureusement.

— Le centre de ton univers ? répéta Yan avec une infinie tendresse.

Il écarta une mèche qui retombait sur le visage de la jeune femme et déposa un baiser sur son front.

— C'est vrai, Eleanor ?

— Oh, oui ! répondit-elle gravement, des étoiles dans les yeux. Tu sais, la plus belle légende, c'est la nôtre, mon amour. Et celle d'Apollon me paraît bien terne, en comparaison...

## VOTRE PROCHAIN RENDEZ-VOUS AVEC LES BEST-SELLERS HARLEQUIN

### *Le 1er juillet, découvrez quatre nouveaux Best-Sellers Harlequin.*

**FILLE DE STAR,** ***de Nora Roberts***
Arrachée à trois ans à une mère alcoolique et droguée qui la brutalisait, Emma est élevée par son père, la star du rock Brian McAvoy. Mais après quelques années de bonheur et d'harmonie, un nouveau drame fait resurgir les cauchemars de l'enfant maltraitée... Angoisses et illusions dans le monde effervescent du rock, de la fin des années soixante à nos jours.

**HANTISE,** ***de Nora Roberts***
**Face au succès de Nora Roberts et à celui que connaissent actuellement les romans à suspense, nous rééditons Hantise (Best-Sellers n°10).**
Dans les nuits chaudes de Washington, un fou assassine de jeunes femmes blondes avec une écharpe blanche, et signe chaque fois ses crimes d'un message écrit : «Je vous pardonne...» Ben Paris, officier de police, mène l'enquête avec la blonde psychiatre Tess Court. Il est très sensible au charme de la jeune femme, mais il n'est pas le seul : quelqu'un d'autre a les yeux braqués sur elle, quelqu'un qui rêve de la sauver, de lui «pardonner» à sa manière.

**L'AMOUR EN QUESTION,** ***de Penny Jordan***
Des femmes, courageuses et tenaces, tentent de concilier leurs ambitions professionnelles et leur vie de couple. Recueilleront-elles le fruit de leurs efforts? Ou l'égalité des sexes n'est-elle qu'un leurre? Un roman passionnant qui pose les vraies questions de la vie à deux.

**LA FEMME BAFOUÉE,** ***de Penny Jordan***
**Ce roman a déjà été publié en 1989 sous le titre** ***J'effacerai tes larmes.*** **A la demande de nombreuses lectrices, le voici enfin réédité, cette fois-ci dans sa version intégrale.**
De ses ancêtres tsiganes, Rachel a hérité le sens de l'honneur. Aussi, lorsque quatre hommes abusent d'elle d'une façon odieuse, décide-t-elle de se venger. Elle deviendra une autre femme, seule maîtresse de son destin. Et du destin des quatre hommes qui l'ont violentée. Quels que soient les efforts qu'elle devra fournir, les sacrifices auxquels elle devra consentir, elle les brisera, un à un. Sans aucune pitié...

Tendres retrouvailles

# COLLECTION AZUR

## prochains rendez-vous le 1er septembre

***UN DÉFI IMPOSSIBLE, de Charlotte Lamb***
*(2 volume de la série Intrigues et Passions)*

SAGA INTRIGUES & PASSIONS

Après la mort de sir George, le propriétaire de *L'observateur*, Gina, son héritière, va devoir se battre pour imposer ses vues à Nick Caspian, le nouveau directeur. Quant à Rose, l'amie de Gina, elle devient la cible des attaques de Daniel Bruneille, son chef. Une situation qu'elle ne peut supporter très longtemps sans réagir...

***LA PEUR D'AIMER, de Miranda Lee***
Kate avait appris à se méfier des hommes comme de la peste. Aussi, lorsque Roy Fitzsimmons, la vedette des stades de football, lui manifeste de l'intérêt, reste-t-elle sur ses gardes. Car, elle en est persuadée, l'attitude de Roy cache quelque chose...

***SOUVENIRS DE BALI, de Angela Devine***
Lorsqu'elle avait décidé de se rendre à Bali, Emma n'avait qu'une idée en tête: exorciser les souvenirs douloureux de sa trop courte union avec Richard. Et elle ne s'attendait certes pas à ce que le destin lui offre une seconde chance...

PENNY JORDAN

***LES NOCES IMPROMPTUES, de Penny Jordan***
Epouser Brett, son ennemi juré? Audrey aurait trouvé l'idée comique si le sort de la propriété familiale n'avait été aussi étroitement lié à sa décision de prendre un époux...

***UNE MISSION DE CONFIANCE, de Jennifer Taylor***
Depuis leur première rencontre, Logan soupçonnait Stéphanie des plus noirs desseins. Pourquoi, alors, lui proposait-il de s'occuper de sa petite fille, son bien le plus précieux? C'était là un mystère que Stéphanie comptait bien élucider...

***SCANDALEUSE SABRINA, de Kathryn Ross***
Comment persuader Marc qu'elle n'entretient pas de liaison avec Garth Fraiser, son beau-père? Il lui faudrait alors trahir le secret qui la lie à Garth. Et elle n'en a pas le droit, même si son amour pour Marc ne cesse de grandir...

***LE CŒUR ENSORCELÉ, de Lucy Keane***
Sans expérience et sans références, Amy n'avait que peu de chances de décrocher un poste intéressant. Pourtant, Julius Prior semblait prêt à lui offrir une opportunité inespérée. Cette proposition recelait-elle un piège? Il n'y avait qu'un moyen de le savoir...

***COUP DE FOUDRE POUR UN SÉDUCTEUR, de Catherine George***
Lowri aurait bien voulu croire qu'Adam Hawkridge s'intéressait vraiment à elle, comme il le prétendait. Mais comment faire confiance à un homme qui avait la réputation d'être un coureur de jupons?

JEUX

*Un an de lecture Harlequin à gagner**

# MOTS FLÉCHÉS DE L'ÉTÉ

Thème : *l'Astrologie*

Jouez avec nous aux mots fléchés de l'Astrologie et gagnez peut-être un an de lecture Harlequin* ou un bijou !

Comment jouer ? Rien de plus facile ! Il vous suffit de remplir la grille ci-après et de nous l'envoyer accompagnée de votre bon de participation sous enveloppe sans affranchir à l'adresse ci-jointe :

*Harlequin Service Lectrices*
*Libre réponse N° 3260- 75642 PARIS Cedex 13.*

Il y a un an de lecture Harlequin* et des dizaines de colliers et de bracelets perles à gagner !

## BON DE PARTICIPATION

❑ M. ❑ Mme ❑ Mlle Abonnée : ❑ Oui ❑ Non

Nom ..................................................

Prénom ..................................................

Adresse ..................................................

..................................................

Code Postal |_|_|_|_|_| Ville ..................................................

**Un tirage au sort parmi les bonnes réponses désignera la gagnante d'un an de lecture à Harlequin, les 100 suivantes gagneront un collier-perles et les 50 autres un bracelet-perles. Date limite de participation : 30/09/95 (le cachet de la poste faisant foi).** ÉTÉ • JEUX

*** à gagner un abonnement d'un an à la collection Prestige, 2 volumes doubles tous les deux mois. Chaque volume est relié, doré à l'or fin, muni d'un tranche file et d'un signet rouge.**



Participation limitée à 1 bon par foyer (même nom, même adresse).

# MOTS FLÉCHÉS DE L'ÉTÉ

## *l'Astrologie*

| | | | | | | | | |
|---|---|---|---|---|---|---|---|---|
| Signes du zodiaque | | Naturel / Noirs (péj.) | | Lisière | | Signe du zodiaque | | Signe du zodiaque |
| | | | | | | Bout de bois | | |
| Pic des Pyrénées / Visage | | | | Tête de rocher | | | | |
| | | | | | | Pièce japonaise | | |
| Tour / Retire | | | | | | Pied de vigne | Concentré | |
| | | | | | | | | |
| Carte / Conjonction | | | | | | Note / Égalité | | |
| | | Sur le Tarn | | | | | | |
| Grand dieu / Pareil | | | Vestibule | | Cap d'Espagne | Dans / Possèdent | | |
| | | | Bourricot / Article arabe | | | | | Dans les |
| Huttes | Signe du zodiaque | | | | | | | |
| | | | | | | | | |

*Un an de lecture**
*et des dizaines de cadeaux à gagner !*

Reportez-vous au bon de participation de la page précédente.

Date limite de participation : 30/09/95

# Bon d'abonnement

**À compléter et à retourner sous enveloppe affranchie à :**

**HARLEQUIN Service Lectrices**
**60505 CHANTILLY CEDEX**

Oui, je désire profiter de votre offre spéciale. J'ai bien noté que je recevrai gratuitement un colis de 4 «hors-série» en cadeau de bienvenue. Ensuite, je recevrai un colis de 6 volumes chaque mois.

Je ne paie rien aujourd'hui. Je recevrai chaque mois 6 volumes de la série AZUR au prix exceptionnel de 15,20 F l'un (+6,70 de frais de port), soit 97,90 F par mois.

OBOC 604 - 03

☐ M. ☐ Mme ☐ Mlle

Nom : ______________________________

Prénom : ______________________________

Adresse : ______________________________

______________________________

C.P. : ______________ Ville : ______________________________

Je recevrai mon colis 3 semaines après l'enregistrement de mon abonnement. Je ne suis pas abonnée à la collection Azur.

**HARLEQUIN Service Lectrices**
**60505 CHANTILLY CEDEX**

Conformément à l'article 27 de la loi 78-17 du 06-01-78 vous disposez d'un droit d'accès et de rectification vous concernant sur notre fichier clientèle. Offre valable en France métropolitaine jusqu'au 30 octobre 1995 (Prix susceptibles de changement).

**Harlequin S A- 83-85 boulevard Vincent Auriol - 75646 PARIS cedex 13**
**RC Paris. Siret 31867159100010**

# OFFRE SPÉCIALE

**votre sélection**

# PENNY JORDAN

Comme des millions de femmes dans le monde entier, vous appréciez les romans de Penny Jordan, cette grande dame de la littérature féminine.

Alors ne manquez pas les trois fabuleuses histoires de la **Sélection Penny Jordan**.

Recevez votre Sélection de trois romans pour le prix exceptionnel de **79,80 francs** et bénéficiez d'un cadeau exclusif : la fiche portrait de votre auteur préféré (biographie et rétrospective). Les frais de port sont entièrement gratuits.

***L'amant de lady Parish*** (paru en janvier 95, Azur N° 1500)

***Le prix de la gloire*** (paru en juillet 94, Best Sellers N°14)

***Destins croisés*** (paru en janvier 95, Best Sellers N°20)

## BON DE COMMANDE

À remplir et à retourner à : HARLEQUIN ◦ *Service Lectrices* ◦
60505 CHANTILLY Cedex

**OUI**, faites-moi parvenir les 3 romans de l'Offre spéciale Penny Jordan ainsi que sa fiche auteur pour le prix exceptionnel de 79,80 francs. **Les frais de port sont entièrement gratuits.** Je joins un chèque de 79,80 francs à l'ordre d'Harlequin avec ce bon de commande. ❑ Mlle ❑ Mme **Je suis abonnée** ❑ **Oui** ❑ **Non**

**Nom**.................................................. **Prénom** ..................................................

**N°** .............. **Rue** ..........................................................................................

......................................................................................................................

**Code Postal** ⎣⎣⎣⎣⎣⎦ **Ville** ......................................................................

Conformément à la loi Informatique et Libertés du 6 janvier 1978, vous disposez d'un droit d'accès et de rectification aux données personnelles vous concernant. Il vous suffit de nous écrire en nous indiquant vos nom, prénom et adresse.

RC Paris. Siret 31867159100010

Offre valable dans la limite des stocks disponibles et jusqu'au 31 octobre 95.

Composé sur le serveur d'EURONUMÉRIQUE, À MONTROUGE
**PAR LES ÉDITIONS HARLEQUIN**
Achevé d'imprimer en juillet 1995
sur les presses de l'Imprimerie Bussière
à Saint-Amand-Montrond (Cher)
Dépôt légal : août 1995
N° d'imprimeur : 1604 — N° d'éditeur : 5668

*Imprimé en France*